EL ALIENISTA

Machado de Assis

2024

EL ALIENISTA

POR

MACHADO DE ASSIS

TRADUCIDO

POR

RODOLFO MEDEIROS

EDICIÓN
2024

POR

SOFIA PUBLISHER

Titulo:

EL ALIENISTA

Autor:

Machado de Assis

Traductor:

Rodolfo Medeiros

Editado e ilustrado por:

Sofia Publisher, 2024

Sumario

Capítulo I: Cómo Itaguaí obtuvo una Casa de Locos

Itaguaí

Las crónicas del pueblo de Itaguaí dicen que en tiempos antiguos vivía allí cierto doctor, el Dr. Simón Bacamarte, hijo de la nobleza local y el mayor médico de Brasil, Portugal y España. Había estudiado en Coímbra y Padua. A la edad de treinta y cuatro años, regresó a Brasil, ya que el rey no pudo persuadirlo de quedarse en Coímbra, liderando la universidad, o en Lisboa, manejando los asuntos de la monarquía.

— La ciencia, — le dijo a Su Majestad, — es mi única ocupación; Itaguaí es mi universo.

Dicho esto, se sumergió en Itaguaí, dedicándose de lleno al estudio de la ciencia, alternando entre curar y leer, y demostrando teoremas con cataplasmas. A la edad de cuarenta años, se casó con la Sra. Evarista da Costa e Mascarenhas, una dama de veinticinco años, viuda de un juez de fuera, no hermosa ni amable. Uno de sus tíos, cazador de pacas[1] antes del Eterno, y no menos franco, se asombró de tal elección y se lo expresó. Simón Bacamarte explicó que la Sra. Evarista poseía condiciones fisiológicas y anatómicas de primer orden; digería fácilmente, dormía regularmente, tenía buen pulso y excelente visión. Por lo tanto, era adecuada para darle hijos robustos, saludables e inteligentes. Si, además de estas cualidades, — las únicas dignas de la preocupación de un sabio, — la Sra. Evarista estaba mal compuesta en rasgos, lejos de lamentarlo, agradecía a Dios por ello, ya que no correría el riesgo de descuidar los intereses de la ciencia en la contemplación exclusiva, mezquina y vulgar de su consorte.

La Sra. Evarista decepcionó las esperanzas del Dr. Bacamarte, no dándole ni hijos robustos ni débiles. El temperamento natural de la ciencia es la paciencia; nuestro doctor esperó tres años, luego cuatro, luego cinco. Después de ese tiempo, hizo un estudio profundo del asunto, releyó a todos los escritores árabes y otros que había traído a Itaguaí, envió consultas a universidades italianas y alemanas, y terminó aconsejando a su esposa sobre una dieta especial. La ilustre dama, alimentada exclusivamente con el buen cerdo de Itaguaí, no prestó atención a las advertencias de su esposo. Y debido a su resistencia, — explicable pero inexcusable, — debemos la completa extinción de la dinastía Bacamarte.

• • • • • • •

[1] [La paca es el segundo roedor más grande de Brasil en términos de tamaño, sólo detrás del capibara.]

Pero la ciencia tiene el don inefable de curar todas las penas; nuestro doctor se sumergió por completo en el estudio y la práctica de la medicina. Fue entonces cuando uno de sus rincones le llamó particularmente la atención, — el rincón psíquico, el examen de la patología cerebral. En la colonia e incluso en el reino, no había una sola autoridad en tal materia, poco explorada o casi inexplorada. Simón Bacamarte entendió que la ciencia lusitana, y particularmente la ciencia brasileña, podría adornarse con "laureles siempre verdes", — una expresión que él mismo usó, pero en un momento de intimidad doméstica; externamente, era modesto, como corresponde a los sabios.

— La salud del alma, — exclamó, — es la ocupación más digna del médico.

— Del verdadero médico. — añadió Crispín Suárez, el boticario del pueblo, uno de sus amigos y compañeros de mesa.

El ayuntamiento de Itaguaí, entre otros pecados acusados por los cronistas, tenía el pecado de no cuidar a los enfermos mentales. Así, todo loco furioso era encerrado en una cámara, en su propia casa, no curado sino sin cura hasta que la muerte llegara a privarlo del beneficio de la vida; los mansos deambulaban libremente por las calles. Simón Bacamarte entendió de inmediato la necesidad de reformar tan mala costumbre. Solicitó permiso al ayuntamiento para alojar y tratar en el edificio que iba a construir a todos los locos de Itaguaí, y de otros pueblos y ciudades, con un estipendio que el ayuntamiento proporcionaría cuando la familia del paciente no pudiera. La propuesta despertó la curiosidad de todo el pueblo y se encontró con una gran resistencia, pues es cierto que los hábitos absurdos o incluso malos no se desarraigan fácilmente. La idea de poner a los locos en la misma casa, viviendo juntos, parecía en sí misma un síntoma de locura, y no faltaron quienes insinuaron esto a la propia esposa del doctor.

Padre López

— Mire, Sra. Evarista, — dijo el Padre López, el vicario local, — vea si su esposo se va de viaje a Río de Janeiro. Este asunto de estudiar todo el tiempo no es bueno; trastorna la mente.

La Sra. Evarista se horrorizó; fue a ver a su esposo y le dijo que "tenía antojos", especialmente el deseo de ir a Río de Janeiro y comer todo lo que le pareciera adecuado para un cierto propósito. Pero ese gran hombre, con la rara sagacidad que lo distinguía, entendió la intención de su esposa y le respondió con una sonrisa, diciéndole que no tuviera miedo. Luego fue al ayuntamiento, donde los concejales estaban debatiendo la propuesta, y la defendió con tal elocuencia que la mayoría decidió autorizar lo que había solicitado, votando simultáneamente por un impuesto para subvencionar el tratamiento, alojamiento y mantenimiento de los lunáticos pobres. Encontrar un sujeto adecuado para el impuesto no fue fácil; todo en Itaguaí ya estaba gravado. Después de largos estudios, se decidió permitir el uso de dos plumas en los caballos de los funerales. Cualquiera que quisiera adornar con plumas los caballos de un coche fúnebre pagaría dos centavos al ayuntamiento, repitiendo esta cantidad tantas veces como las horas entre el momento de la muerte y la última bendición en el entierro. El secretario se perdió en los cálculos aritméticos del ingreso potencial del nuevo impuesto, y uno de los concejales, que no creía en el proyecto del doctor, pidió eximir al secretario de un trabajo inútil.

— Los cálculos no son precisos, — dijo, — porque el Dr. Bacamarte no logrará nada. ¿Quién ha visto que todos los lunáticos ahora se pongan en la misma casa?

El digno magistrado estaba equivocado; el doctor arregló todo. Una vez concedida la licencia, inmediatamente comenzó a construir la casa. Estaba en la Calle Nueva, la calle más hermosa de Itaguaí en ese momento; tenía cincuenta ventanas a cada lado, un patio en el centro y numerosos cubículos para los huéspedes. Como era un gran arabista, encontró en el Corán que Mahoma declara venerables a los locos, considerando que Alá les quita la razón para que no pequen. La idea le pareció hermosa y profunda, y la hizo grabar en la fachada de la casa. Sin embargo, temiendo al vicario, e indirectamente al obispo, atribuyó el pensamiento a Benedicto VIII, mereciendo, con este fraude, aunque piadoso, que el Padre López le contara la vida de ese eminente pontífice en el almuerzo.

La Casa Verde

El asilo se llamó Casa Verde, aludiendo al color de las ventanas, que aparecieron verdes por primera vez en Itaguaí. Se inauguró con una inmensa pompa; personas de todos los pueblos y aldeas cercanas e incluso lejanas, y de la ciudad de Río de Janeiro misma, vinieron a presenciar las ceremonias que duraron siete días. Ya se habían admitido muchos locos, y los familiares tuvieron la oportunidad de ver el cuidado paternal y la caridad cristiana con la que serían tratados. La Sra. Evarista, extremadamente complacida con la gloria de su esposo, se vistió lujosamente, se adornó con joyas, flores y sedas. Fue una verdadera reina en esos días memorables; todos la visitaron dos o tres veces, a pesar de las costumbres modestas y reservadas de la época, y no solo la cortejaron, sino que también la elogiaron. Este hecho es un testimonio altamente honorable para la sociedad de la época porque veían en ella a la esposa feliz de un espíritu elevado, de un hombre ilustre, y si la envidiaban, era la envidia santa y noble de los admiradores.

Después de siete días, las festividades públicas llegaron a su fin; Itaguaí finalmente tenía un manicomio.

Capítulo II: Torrentes de locos

Tres días después, en una conversación íntima con el boticario Crispín Suárez, el alienista desveló el misterio de su corazón.

Simón Bacamarte y Crispín Suárez

— La caridad, Sr. Suárez, ciertamente juega un papel en mi conducta, pero entra como un condimento, como la sal de las cosas. Así interpreto lo que San Pablo dijo a los Corintios: "Si entiendo todos los misterios y todo conocimiento, y no tengo caridad, nada soy." El enfoque principal de mi trabajo en la Casa Verde es estudiar la locura profundamente, sus diversos grados, clasificar sus casos, descubrir finalmente la causa del fenómeno y el remedio universal. Este es el misterio de mi corazón. Creo que al hacer esto, presto un buen servicio a la humanidad.

— Un excelente servicio. — corrigió el boticario.

— Sin este asilo, — continuó el alienista, — podría hacer poco. Sin embargo, me proporciona un campo mucho mayor para mis estudios.

— Mucho mayor. — añadió el otro.

Y tenía razón. De todos los pueblos y asentamientos vecinos, los locos acudían en masa a la Casa Verde. Había furiosos, dóciles, monomaníacos, toda la familia de los marginados del espíritu. Después de cuatro meses, la Casa Verde era una pequeña ciudad. Los cubículos iniciales no fueron suficientes; se añadió un anexo de otros treinta y siete. El Padre López confesó que nunca había imaginado la existencia de tantos locos en el mundo, y mucho menos la naturaleza inexplicable de algunos casos. Por ejemplo, había un joven tosco y vil que, todos los días después del almuerzo, pronunciaba un discurso erudito adornado con tropos, antítesis, apóstrofes, con sus adornos en griego y latín, y sus flecos de Cicerón, Apuleyo y Tertuliano. El vicario apenas podía creerlo. ¡Qué! ¡Un joven que había visto jugando al volante en la calle solo tres meses antes!

— No digo que no sea cierto, — respondió el alienista, — pero la verdad es lo que Su Reverencia está viendo. Esto sucede todos los días.

— En cuanto a mí, — añadió el vicario, — solo puede explicarse por la confusión de lenguas en la Torre de Babel, como nos dice la Escritura. Probablemente, dado que las lenguas se confundieron en tiempos antiguos, ahora es fácil intercambiarlas, siempre y cuando la razón no funcione…

— Esa puede ser, de hecho, la explicación divina del fenómeno, — coincidió el alienista después de un momento de reflexión, — pero no es imposible que también exista alguna razón humana, puramente científica, y eso es lo que estoy investigando.

—Está bien, sea como sea, y estoy ansioso. ¡De verdad!

Los que se volvieron locos por amor fueron tres o cuatro, pero solo dos se destacaron por la naturaleza curiosa de sus delirios. El primero, un joven llamado Falcón, de veinticinco años, se creía la estrella de la mañana. Estiraba los brazos y las piernas para darles una cierta apariencia de rayos, y pasaba horas preguntando si el sol ya había salido para que él pudiera retirarse. El otro estaba constantemente, interminablemente, siempre caminando por las habitaciones o el patio, por los pasillos, buscando el fin del mundo. Era un desgraciado cuya esposa lo dejó por seguir un capricho. Tan pronto como descubrió su fuga, se armó con una escopeta y los persiguió. Dos horas después, los encontró cerca de un estanque y los mató a ambos con la mayor crueldad.

La envidia quedó satisfecha, pero el vengador enloqueció. Y así comenzó ese anhelo de alcanzar el fin del mundo en búsqueda de los fugitivos.

La manía de grandiosidad tenía ejemplos notables. El más destacado fue un pobre hombre, hijo de un aguador, que narraba a las paredes (porque nunca miraba a ninguna persona) toda su genealogía, que era así:

— Dios engendró un huevo, el huevo engendró la espada, la espada engendró a David, David engendró el púrpura, el púrpura engendró al duque, el duque engendró al marqués, el marqués engendró al conde, que soy yo.

Él se golpeaba la frente, chasqueaba los dedos y repetía cinco o seis veces seguidas:

— Dios engendró un huevo, el huevo, etc.

Otro del mismo tipo era un escribiente que se vendía como mayordomo del rey; otro era un ganadero de Minas[2], cuya obsesión era distribuir ganado a todos, dando trescientas cabezas a uno, seiscientas a otro, mil doscientas a otro, y sin parar nunca. No mencionaré los casos de monomanía religiosa; solo mencionaré a un tipo llamado Juan de Dios, que ahora afirmaba ser el dios Juan, prometiendo el cielo a quienes lo adoraran y el infierno a los demás. Después de él, estaba el licenciado García, quien no decía nada porque imaginaba que el día que pronunciara una sola palabra, todas las estrellas se desprenderían del cielo y la tierra se incendiaría; tal era el poder que creía haber recibido de Dios.

Esto es lo que escribió en el papel que el alienista le hizo firmar, no por caridad sino por interés científico.

•••••••

[2] [Minas Gerais, un estado brasileño.]

Simón Bacamarte, el alienista

De hecho, la paciencia del alienista era aún más extraordinaria que todas las manías alojadas en la Casa Verde; nada menos que asombrosa. Simón Bacamarte comenzó organizando un equipo administrativo, y aceptando esta idea del boticario Crispín Suárez, también aceptó dos sobrinos de él. Les confió la ejecución de un conjunto de regulaciones aprobadas por el Concejo, que incluían la distribución de alimentos y ropa, así como tareas administrativas, etc. Era lo mejor que podía hacer para centrarse únicamente en su profesión. — La Casa Verde — le dijo al vicario — es ahora una especie de mundo con gobierno tanto temporal como espiritual. Y el Padre López se rió de este intercambio piadoso, agregando con el único propósito de hacer una broma, — Déjalo estar, déjalo estar, te denunciaré ante el Papa.

Una vez aliviado de la administración, el alienista procedió a una vasta clasificación de sus pacientes. Primero los dividió en dos clases principales: los furiosos y los dóciles. Luego pasó a las subclases, que incluían monomanías, delirios, diversas alucinaciones.

Con esto hecho, comenzó un estudio detallado y continuo. Analizó los hábitos de cada loco, las horas de inicio, las aversiones, las simpatías, las palabras, los gestos, las tendencias; indagó sobre las vidas de los pacientes, sus profesiones, costumbres, circunstancias de revelación morbosa, accidentes de la infancia y juventud, enfermedades de otro tipo, antecedentes familiares, una investigación exhaustiva, como la llevaría a cabo el magistrado más astuto. Cada día traía una nueva observación, un descubrimiento interesante, un fenómeno extraordinario. Al mismo tiempo, estudiaba el mejor régimen, las sustancias medicinales, las medidas curativas y paliativas, no solo las encontradas en sus queridos trabajos árabes, sino también las que descubrió por su propia agudeza y paciencia. Ahora, todo este trabajo consumía la mayor parte de su tiempo. Dormía mal y comía poco; incluso mientras comía, era como si estuviera trabajando porque o bien cuestionaba un texto antiguo o reflexionaba sobre un problema. Muchas veces, pasaba de un extremo de la comida al otro sin decir una sola palabra a la Sra. Evarista.

Capítulo III: Dios sabe lo que hace

La ilustre señora, al cabo de dos meses, se encontró siendo la más desdichada de las mujeres: cayó en una profunda melancolía, se puso amarilla, delgada, comía poco y suspiraba a cada rato. No se atrevía a hacer ninguna queja ni reproche porque lo respetaba como a su esposo y señor, pero sufría en silencio y se consumía visiblemente. Un día, en la cena, cuando su esposo le preguntó qué le pasaba, ella respondió tristemente que no le pasaba nada; luego se aventuró un poco y llegó a decir que se consideraba tan viuda como antes. Y añadió:

— ¿Quién hubiera pensado que media docena de lunáticos...

No terminó la frase; o mejor dicho, la terminó levantando los ojos al techo, — ojos, que eran su rasgo más atractivo, — negros, grandes, bañados en una luz húmeda, como el amanecer. En cuanto al gesto, fue el mismo que había utilizado el día en que Simón Bacamarte le pidió matrimonio. Las crónicas no dicen si la Sra. Evarista blandió esa arma con la perversa intención de decapitar la ciencia de una vez, o al menos cortarle las manos; pero la conjetura es plausible. En cualquier caso, el alienista no le atribuyó ninguna intención. Y el gran hombre no se enojó, ni siquiera se desanimó. El metal de sus ojos permaneció el mismo metal, duro, liso, eterno, y la más mínima arruga no rompió la superficie de su frente tan calma como el agua de Botafogo[3]. Quizás una sonrisa se

•••••••
[3] [Un barrio de la ciudad de Río de Janeiro.]

dibujó en sus labios, a través de los cuales filtró esta palabra tan suave como el aceite del Cantar de los Cantares:

— Estoy de acuerdo en dejarte hacer un viaje a Río de Janeiro.

La Sra. Evarista sintió que el suelo desaparecía bajo sus pies. Nunca había visto Río de Janeiro, que, aunque no era ni siquiera una pálida sombra de lo que es hoy, aún era algo más que Itaguaí. Ver Río de Janeiro, para ella, era equivalente al sueño del hebreo cautivo. Ahora, especialmente, desde que su esposo se había asentado permanentemente en ese pueblo rural, ahora que había perdido las últimas esperanzas de respirar el aire de nuestra buena ciudad; y precisamente ahora él la invitaba a cumplir sus deseos de juventud. La Sra. Evarista no pudo ocultar su alegría ante tal propuesta. Simón Bacamarte le pagó por adelantado y sonrió, — una sonrisa algo filosófica, así como conyugal, en la que parecía traducirse este pensamiento: "No hay remedio cierto para los dolores del alma; esta señora languidece porque le parece que no la amo; le doy Río de Janeiro, y se consuela." Y como era un hombre estudioso, hizo una nota de la observación.

Pero un dardo atravesó el corazón de la Sra. Evarista. Sin embargo, se contuvo; simplemente le dijo a su esposo que si él no iba, ella tampoco iría, porque no se aventuraría sola en los caminos.

— Irás con tu tía. — replicó el alienista.

Note que la Sra. Evarista había pensado en eso mismo,

pero no quería pedirlo ni insinuarlo, primero porque impondría grandes gastos a su esposo, segundo porque era mejor, más metódico y racional que la propuesta viniera de él.

— ¡Oh! Pero el dinero que será necesario gastar! — suspiró la Sra. Evarista sin convicción.

— ¿Qué importa? Hemos ganado mucho, — dijo su esposo. — Justo ayer, el secretario me presentó cuentas. ¿Quieres ver?

Y la llevó a los libros. La Sra. Evarista quedó deslumbrada. Era una Vía Láctea de cifras. Y luego la llevó a los cofres, donde estaba el dinero.

¡Dios! Había montañas de oro, había miles de cruzados sobre miles de cruzados, doblones sobre doblones; era opulencia.

El oro del alienista

Mientras ella devoraba el oro con sus ojos negros, el alienista la miraba fijamente y le susurró al oído con la más pérfida de las alusiones:

— ¿Quién hubiera pensado que media docena de lunáticos...

La Sra. Evarista entendió, sonrió y respondió con gran resignación:

— ¡Dios sabe lo que hace!

Tres meses después, se realizó el viaje. La Sra. Evarista, su tía, la esposa del boticario, un sobrino de él, un sacerdote que el alienista había conocido en Lisboa y que se encontraba en Itaguaí, cinco o seis pajes, cuatro criadas, — tal fue el séquito que la población vio partir una mañana de mayo. Las despedidas fueron tristes para todos excepto para el alienista. Aunque las lágrimas de la Sra. Evarista eran abundantes y sinceras, no lo conmovieron. Un hombre de ciencia, y solo de ciencia, nada fuera de la ciencia lo angustiaba; y si algo le preocupaba en ese momento, si lanzaba una mirada inquieta y vigilante a través de la multitud, no era más que la idea de que algún lunático pudiera estar mezclado con la gente cuerda.

— ¡Adiós! — Las damas y el boticario sollozaron al final.

Y el séquito partió. Crispín Suárez, de camino a casa, tenía los ojos entre las dos orejas de la yegua castaña que montaba; Simón Bacamarte extendía los suyos sobre el horizonte, dejando la responsabilidad del regreso al caballo. ¡Viva imagen del genio y del hombre común! Uno contempla el presente, con todas sus lágrimas y anhelos, el otro examina el futuro con todos sus amaneceres.

Capítulo IV: Una Nueva Teoría

Mientras la señora Evarista, entre lágrimas, se dirigía a Río de Janeiro, Simón Bacamarte exploraba una idea audaz y nueva desde todos los ángulos, una que podría expandir los fundamentos de la psicología. Todo el tiempo que le quedaba de las atenciones de la Casa Verde apenas le alcanzaba para deambular por las calles o visitar casas, involucrando a la gente en conversaciones sobre treinta mil temas, puntuando sus discursos con una mirada que infundía temor en los individuos más heroicos.

Una mañana, después de haber pasado tres semanas, mientras Crispín Suárez estaba ocupado preparando un medicamento, vinieron a decirle que el alienista quería verlo.

— Es sobre un asunto importante, según me dijo. — añadió el mensajero.

Crispín se puso pálido. ¿Qué asunto importante podría ser, si no alguna noticia sobre el séquito, especialmente su esposa? Porque este tema debe quedar claramente definido, como insisten los cronistas: Crispín amaba a su esposa, y en treinta años, nunca se habían separado ni un solo día. Esto explica los monólogos que estaba teniendo ahora, que los sirvientes a menudo escuchaban: — "Vamos, bien hecho, ¿quién te dijo que consintieras el viaje de Cesaria? ¡Adulador, vil adulador! Solo para halagar al Dr. Bacamarte. Bueno, ahora lidia con ello; vamos, lidia con ello, alma lacaya, débil, vil, miserable. ¿Dices *amén* a todo, no es así? Ahí tienes el resultado, ¡canalla!" — Y muchos otros nombres feos que un hombre no debería decir a los demás, y mucho menos a sí mismo. Imaginar el efecto del mensaje es nada. Tan pronto como lo recibió, dejó a un lado las drogas y voló hacia la Casa Verde.

Simón Bacamarte lo recibió con la alegría característica de un sabio, una alegría abotonada hasta el cuello con circunspección.

— Estoy muy complacido. — dijo.

— ¿Noticias de nuestra gente? — preguntó el boticario con voz temblorosa.

El alienista hizo un gesto magnífico y respondió:

— Es acerca de algo superior, es sobre un experimento científico. Digo experimento porque no me atrevo a asegurar mi idea de inmediato; ni tampoco es la ciencia otra cosa, señor Suárez, que una investigación constante. Es, por lo tanto, un experimento, pero un experimento que cambiará la faz de la Tierra. La locura, el objeto de mis estudios, era hasta ahora una isla perdida en el océano de la razón; estoy empezando a sospechar que es un continente.

Dicho esto, guardó silencio para permitir que el boticario asimilara su asombro. Luego explicó su idea en detalle. En su opinión, la locura abarcaba una vasta extensión de cerebros, y desarrolló esto con una gran riqueza de razonamientos, textos y ejemplos. Encontró ejemplos en la historia y en Itaguaí, pero, como el espíritu raro que era, reconoció el peligro de citar todos los casos en Itaguaí y se refugió en la historia. Así, señaló particularmente algunos personajes famosos: Sócrates, que tenía un demonio familiar, Pascal, que veía un abismo a la izquierda, Mahoma, Caracalla, Domiciano, Calígula, etc., una serie de casos y personas, en los que se mezclaban entidades odiosas y ridículas. Y porque el boticario estaba sorprendido por tal promiscuidad, el alienista le dijo que todo era lo mismo, y hasta añadió sentenciosamente:

— La ferocidad, señor Suárez, es lo grotesco serio.

— ¡Ingenioso, muy ingenioso! — Exclamó Crispín Suárez, levantando las manos al cielo.

En cuanto a la idea de expandir el territorio de la locura, al boticario le pareció extravagante, pero su modestia, el principal adorno de su espíritu, no le permitió confesar nada más que un noble entusiasmo; la declaró sublime y verdadera y añadió que era un "caso de matraca." Esta expresión no tiene equivalente en el estilo moderno. En esa época, Itaguaí, al igual que otras aldeas, caseríos y asentamientos en la colonia, no tenía prensa, y había dos formas de difundir noticias; ya sea a través de carteles manuscritos colocados en la puerta de la Cámara y la iglesia, o a través de una matraca.

Aquí está en qué consistía este segundo uso. Se contrataba a un hombre por uno o más días para recorrer las calles del pueblo con una matraca en la mano.

De vez en cuando, hacía sonar la matraca, reunía a la gente y anunciaba lo que se le había encomendado: un remedio para las fiebres, tierras aradas, un soneto, una donación para la iglesia, las mejores tijeras del pueblo, el discurso más bello del año, etc. El sistema tenía inconvenientes para la paz pública, pero se mantenía debido a su gran poder de difusión. Por ejemplo, uno de los concejales, precisamente el que más se había opuesto a la creación de la Casa Verde, gozaba de la reputación de ser un domador perfecto de serpientes y monos, aunque nunca había domado ninguno de estos animales. Sin embargo, se encargaba de hacer sonar la matraca cada mes. Y las crónicas dicen que algunas personas afirmaban haber visto serpientes de cascabel bailando sobre el pecho del concejal; una afirmación completamente falsa, pero debida únicamente a la absoluta confianza en el sistema. A decir verdad, no todas las instituciones del antiguo régimen merecían el desprecio de nuestro siglo.

— Hay algo mejor que anunciar mi idea; es practicarla. — respondió el alienista a la insinuación del boticario.

El boticario, sin discrepar significativamente con esta opinión, le dijo que sí, que era mejor comenzar con la ejecución.

— Siempre habrá tiempo para dárselo a la matraca. — concluyó.

Simón Bacamarte reflexionó por un momento y dijo:

— Supongo que la mente humana es una vasta concha. Mi objetivo, señor Suárez, es ver si puedo extraer la perla, que es la razón; en otras palabras, demarcar definitivamente los límites de la razón y la locura. La razón es el equilibrio perfecto de todas las facultades; más allá de eso, locura, locura y solo locura.

El vicario López, a quien confió la nueva teoría, declaró francamente que no la entendía del todo, que era una obra absurda, y si no era absurda, era tan colosal que no merecía ser puesta en práctica.

— Con la definición actual, que es la de todos los tiempos, — agregó, — la locura y la razón están perfectamente delimitadas. Sabemos dónde termina una y comienza la otra. ¿Por qué ir más allá de la valla?

En los labios finos y discretos del alienista, flotaba la vaga sombra de una intención de reír, en la que el desdén se casaba con la conmiseración, pero no salió ninguna palabra de su distinguido ser interior.

La ciencia se contentó con extender una mano a la teología, — con tanta certeza que la teología, al final, no sabía si creer en sí misma o en la otra. Itaguaí y el universo estaban al borde de una revolución.

Capítulo V: El Terror

Cuatro días después, la población de Itaguaí escuchó con consternación la noticia de que un tal Costa había sido admitido en la Casa Verde.

— ¡Imposible!

— ¡Cómo que imposible! Fue admitido esta mañana.

— Pero, en verdad, no lo merecía... ¡Justo ahora! Después de todo lo que hizo...

Costa era uno de los ciudadanos más respetados de Itaguaí. Había heredado cuatrocientos mil chelines en buena moneda del rey Don Juan V, dinero cuyo rendimiento era suficiente, como declaró su tío en el testamento, para vivir "hasta el fin del mundo". Tan pronto como recibió la herencia, comenzó a dividirla en préstamos sin usura, mil chelines a uno, dos mil a otro, trescientos a este, ochocientos a aquel, hasta el punto de que, después de cinco años, no le quedaba nada. Si la miseria hubiera llegado de repente, el asombro en Itaguaí habría sido enorme, pero llegó lentamente. Pasó de la opulencia a la afluencia, de la afluencia a la mediocridad, de la mediocridad a la pobreza, de la pobreza a la miseria, gradualmente.

Después de esos cinco años, las personas que solían levantar el sombrero cuando aparecía al final de la calle ahora le daban palmadas en el hombro con familiaridad, le tocaban la nariz, le decían cosas inapropiadas. Y Costa, siempre afable y sonriente. No parecía importarle que los menos corteses fueran precisamente aquellos que aún le debían dinero. Al contrario, parecía recibirlos con mayor placer y más sublime resignación. Un día, mientras uno de estos deudores incurables le lanzaba una broma grosera y él se reía, una persona malintencionada comentó con cierta perfidia: "Soportas a este tipo para ver si te paga." Costa no dudó ni un momento; fue al deudor y le perdonó la deuda. "No es de extrañar", replicó el otro, "Costa renunció a una estrella que está en el cielo." Costa fue perspicaz; entendió que el otro negaba todo mérito al acto, atribuyéndole la intención de rechazar lo que no se suponía que fuera a parar a su bolsillo. También era digno e ingenioso; dos horas después, encontró una manera de demostrar que tal estigma no se aplicaba a él: tomó algunas monedas y se las prestó al deudor.

— Ahora espero que... — pensó, sin terminar la frase.

Ese último acto de Costa convenció tanto a creyentes como a escépticos; nadie dudó más de los sentimientos caballerosos de ese digno ciudadano. Las necesidades más modestas tomaron las calles, llamaron a su puerta con sus viejas zapatillas y capas remendadas. Sin embargo, un gusano roía el alma de Costa: el concepto del enemigo. Pero incluso eso terminó; tres meses después, el enemigo vino a pedirle ciento veinte chelines con la promesa de devolverle el dinero en dos días; era el residuo de la gran herencia, pero también una venganza noble. Costa prestó el dinero de inmediato, y sin intereses. Desafortunadamente, no tuvo tiempo para que se lo devolvieran; cinco meses después, fue admitido en la Casa Verde.

Uno puede imaginar la consternación en Itaguaí cuando se enteraron del caso. No se hablaba de otra cosa; algunos decían que Costa se volvió loco en el almuerzo, otros decían que sucedió al amanecer. Relataban los ataques, que eran ya furiosos, oscuros y terribles, ya suaves e incluso divertidos, dependiendo de las versiones. Muchas personas se apresuraron a ir a la Casa Verde y encontraron al pobre Costa, tranquilo, un poco asombrado, hablando muy claramente y preguntando por qué lo habían llevado allí. Algunos fueron a ver al alienista. Bacamarte aprobó esos sentimientos de estima y compasión, pero añadió que la ciencia era ciencia y que no podía dejar a un loco en la calle. La última persona que intercedió por él (porque después de lo que voy a contar, nadie se atrevió a acercarse al temido doctor) fue una pobre señora, prima de Costa. El alienista le dijo confidencialmente que ese digno hombre no tenía el equilibrio perfecto de las facultades mentales, considerando cómo había derrochado la fortuna que...

— ¡No! ¡No! ¡Eso no! — interrumpió enérgicamente la buena señora. — Si gastó lo que recibió tan rápido, no es su culpa.

— ¿No?

— No, señor. Le contaré cómo sucedió. Mi difunto tío no era un mal hombre, pero cuando estaba furioso, podía incluso olvidarse de inclinarse ante el Santísimo Sacramento. Ahora bien, un día, poco antes de morir, descubrió que un esclavo le había robado un toro; imagínese cómo reaccionó. Su cara estaba como un pimiento; temblaba todo, la boca espumante; lo recuerdo como si fuera hoy. Entonces, un hombre feo y peludo, en camisa, se acercó y le pidió agua. Mi tío (¡que Dios lo tenga en su gloria!) le respondió que fuera a beber del río o del infierno. El hombre lo miró, abrió la mano amenazadoramente y maldijo: "Todo tu dinero no durará más de siete años y un día, tan cierto como esto es la campana de Salomón." Y mostró la campana de Salomón impresa en su brazo. Eso es todo, señor; fue esta maldición de ese maldito hombre.

Bacamarte fijó sobre la pobre señora un par de ojos tan afilados como dagas. Cuando terminó, él le extendió la mano cortésmente, como si lo hiciera a la misma esposa del virrey, y la invitó a ir a hablar con su primo. La desdichada mujer le creyó; él la llevó a la Casa Verde y la encerró en la galería de los locos.

La noticia de este acto traicionero del ilustre Bacamarte infundió terror en los corazones de la población. Nadie quería creer que, sin motivo, sin enemistad, el alienista encerraría en la Casa Verde a una señora perfectamente cuerda que no tenía otro crimen que abogar por un hombre desafortunado. El caso se discutía en las esquinas de las calles, en las barberías; se construyó un romance, con tiernas cortesías que el alienista había dirigido alguna vez a la prima de Costa, la indignación de Costa y el desdén de la prima. Y de ahí, la venganza. Estaba claro. Pero la severidad del alienista, la vida de estudios que llevaba, parecían contradecir tal hipótesis. ¡Cuentos! Todo eso era naturalmente la fachada de un sinvergüenza. Y uno de los más crédulos incluso murmuraba que sabía otras cosas, no las decía porque no estaba completamente seguro, pero sabía, casi podría jurarlo.

— Tú, que estás cerca de él, ¿no podrías contarnos qué está pasando, qué ocurrió, cuál es la razón...

Crispín Suárez estaba exultante. Este interrogatorio por parte de la gente inquieta y curiosa, de los amigos asombrados, era una consagración pública para él. No había duda; todo el pueblo finalmente sabía que el confidente del alienista era él, Crispín, el boticario, el colaborador del gran hombre y de grandes cosas; de ahí la prisa hacia la botica. Todo esto se transmitía a través del rostro alegre del boticario y su risa discreta, risa y silencio, pues no respondía nada; uno, dos, tres monosílabos a lo sumo, pronunciados, secos, coronados por la fiel constante y pequeña sonrisa, llena de misterios científicos que no podía, sin deshonra o peligro, revelar a ningún ser humano.

— Hay algo. — pensaban los más suspicaces.

Uno de estos simplemente lo pensó, se encogió de hombros y se fue. Tenía asuntos personales. Acababa de construir una casa suntuosa. La casa por sí sola era suficiente para atraer la atención de todos; pero había más, — los muebles, que había pedido de Hungría y los Países Bajos, según él afirmaba, y que se podían ver desde fuera porque las ventanas siempre estaban abiertas, — y el jardín, una obra maestra de arte y buen gusto. Este hombre, que se había hecho rico en el negocio de la talabartería, siempre había soñado con una casa magnífica, un gran jardín y muebles raros. No salía de la talabartería, pero encontraba descanso en la contemplación de la nueva casa, la primera en Itaguaí, más magnífica que la Casa Verde, más noble que el Ayuntamiento. Entre las personas ilustres del pueblo, había lágrimas y crujir de dientes al pensar, hablar o alabar la casa del talabartero, — ¡un simple talabartero, Dios mío!

— Ahí está, embobado. — decían los transeúntes, por la mañana.

De hecho, por la mañana, era costumbre de Matías tumbarse en medio del jardín, con los ojos en la casa, embelesado, durante una larga hora, hasta que alguien venía a llamarlo para el almuerzo. Los vecinos, aunque lo saludaban con cierto respeto, se reían a sus espaldas, lo cual él disfrutaba. Uno de ellos incluso dijo que Matías sería mucho más económico y muy rico si él mismo hiciera las monturas; un epigrama ininteligible que provocaba risas incontrolables.

— Ahora ahí está Matías siendo admirado. — decían por la tarde.

La razón de este otro dicho era que por la tarde, cuando las familias salían a pasear (cenaban temprano), Matías solía pararse en la ventana, justo en el centro, llamativo, contra un fondo oscuro, vestido de blanco, con una actitud señorial, y se quedaba así durante dos o tres horas hasta que oscurecía por completo. Se puede creer que la intención de Matías era ser admirado y envidiado, aunque no lo confesara a nadie, ni al boticario ni al Padre López, sus grandes amigos. No obstante, este fue el argumento del boticario cuando el alienista le dijo que el talabartero podría estar sufriendo de amor por las piedras, una manía que Bacamarte había descubierto y estudiado por algún tiempo. Ese asunto de contemplar la casa...

— No, señor. — Interrumpió vehementemente Crispín Suárez.

— ¿No?

— Perdóneme, pero quizás no sabe que por la mañana él examina la obra, no la admira; por la tarde, otros lo admiran a él y a la obra. — Y explicó el hábito del talabartero, todas las tardes, desde temprano hasta el anochecer.

Un placer científico iluminó los ojos de Simón Bacamarte. O no conocía todos los hábitos del talabartero, o solo quería confirmar alguna noticia incierta o vaga sospecha al interrogar a Crispín. La explicación lo satisfizo; pero, como tenía las alegrías propias de un sabio, concentradas, el boticario no vio nada que insinuara intenciones siniestras. Al contrario, era por la tarde, y el alienista le pidió que lo acompañara a dar un paseo. ¡Dios! Era la primera vez que Simón Bacamarte honraba a su confidente con tal gesto; Crispín estaba temblando, desconcertado, dijo que sí, que estaba listo. Dos o tres personas llegaron desde fuera; Crispín mentalmente las mandó al infierno; no solo estaban retrasando el paseo, sino que Bacamarte podría elegir a uno de ellos para acompañarlo y despedir al boticario. ¡Qué impaciencia! ¡Qué angustia! Finalmente, salieron. El alienista se dirigió hacia la casa del talabartero, lo vio en la ventana, pasó cinco o seis veces lentamente, deteniéndose, examinando las posturas, la expresión de su rostro. Pobre Matías, en cuanto notó que era objeto de curiosidad o admiración para el ciudadano más prominente de Itaguaí, redobló su expresión, dio más énfasis a sus posturas... ¡Triste! Desafortunadamente, no hizo más que condenarse; al día siguiente, fue llevado a la Casa Verde.

— La Casa Verde es una prisión privada. — dijo un doctor sin práctica.

Nunca una opinión se había extendido y florecido tan rápidamente. Prisión privada: eso era lo que se repetía de norte a sur y de este a oeste de Itaguaí, — aunque con miedo, porque durante la semana que siguió a la captura del pobre Matías, veinte y tantas personas, — dos o tres de importancia, — fueron llevadas a la Casa Verde. El alienista afirmaba que solo se admitían casos patológicos, pero pocas personas le creían. Las versiones populares se sucedían unas a otras. Venganza, codicia de dinero, castigo de Dios, la propia monomanía del doctor, un plan secreto de Río de Janeiro para destruir cualquier germen de prosperidad que pudiera brotar, florecer y prosperar en Itaguaí, con deshonra y disminución de esa ciudad, mil otras explicaciones que no explicaban nada, tal era el producto diario de la imaginación pública.

En ese momento, la esposa del alienista llegó de Río de Janeiro, junto con su tía, la esposa de Crispín Suárez, y el resto del séquito, — o casi todos, — que había salido de Itaguaí unas semanas antes. El alienista la recibió, junto con el boticario, el Padre López, los concejales y varios otros magistrados. El momento en que la señora Evarista puso sus ojos en su esposo es considerado por los cronistas de la época como uno de los más sublimes en la historia moral de los hombres, y esto se debió al contraste de las dos naturalezas, ambas extremas, ambas eminentes. La señora Evarista soltó un grito, — balbuceó una palabra y se arrojó sobre su esposo, — un gesto que solo puede definirse mejor comparándolo con una mezcla de jaguar y paloma. No así el ilustre Bacamarte; tan frío como un diagnóstico, sin perder por un momento la rigidez científica, extendió los brazos hacia la dama que cayó en ellos y se desmayó. Un breve incidente; después de dos minutos, la señora Evarista recibió las felicitaciones de los amigos, y la procesión se puso en marcha.

Sra. Evarista en brazos de Bacamarte

La señora Evarista era la esperanza de Itaguaí; se contaba con ella para aliviar el flagelo de la Casa Verde. De ahí las aclamaciones públicas, la inmensa multitud que llenaba las calles, las banderolas, flores y damascos en las ventanas. Con su brazo apoyado en el del Padre López, — porque el eminente hombre había confiado a su esposa al vicario y los acompañaba a un paso meditativo, — la señora Evarista giraba la cabeza de un lado a otro, curiosa, inquieta y presumida. El vicario preguntaba sobre Río de Janeiro, que no había visto desde el virreinato anterior; y la señora Evarista respondía con entusiasmo que era lo más hermoso que podía existir en el mundo.

Río de Janeiro en ese tiempo

El Paseo Público estaba terminado, un paraíso donde ella había estado a menudo, y la Calle de las Noches Bellas, la Fuente de los Patos... ¡Ah! ¡La Fuente de los Patos! Eran realmente patos, hechos de metal, que echaban agua por la boca. Una cosa muy galante. El vicario estuvo de acuerdo, diciendo que Río de Janeiro debía ser aún más bello ahora. ¡Si ya lo era en el pasado! No es de extrañar, siendo más grande que Itaguaí y, además, la sede del gobierno. Pero no se puede decir que Itaguaí fuera feo; tenía casas hermosas, la casa de Matías, la Casa Verde…

— Por cierto, hablando de la Casa Verde, — dijo el Padre López hábilmente deslizándose en el tema actual, — la encuentras bastante llena.

— ¿De verdad?

— Es cierto. Ahí está Matías…

— ¿El guarnicionero?

— El guarnicionero; está Costa, la prima de Costa, y fulano, y mengano…

— ¿Todos ellos locos?

— O casi locos. — respondió el sacerdote.

— ¿Pero por qué?

El vicario bajó las comisuras de los labios, como si no supiera nada o no quisiera decir todo; una respuesta vaga que no podía repetirse a otra persona por falta de contexto. A la señora Evarista le parecía realmente extraordinario que todas esas personas se volvieran locas; una o dos, bien; ¿pero todos? Sin embargo, dudaba en dudar; su esposo era un hombre sabio; no admitiría a nadie en la Casa Verde sin evidencia clara de locura.

— Sin duda... sin duda... — puntualizó el vicario.

Tres horas después, alrededor de cincuenta invitados se sentaron alrededor de la mesa de Simón Bacamarte; era la cena de bienvenida. La señora Evarista fue el tema obligatorio de brindis, discursos, versos de todo tipo, metáforas, amplificaciones, apólogos. Era la esposa del nuevo Hipócrates, la musa de la ciencia, un ángel, divina, aurora, caridad, vida, consuelo; tenía dos estrellas en los ojos, según la modesta versión de Crispín Suárez, y dos soles según la opinión de un concejal. El alienista escuchaba estas cosas algo aburrido pero sin visible impaciencia. A lo sumo, susurraba a su esposa que la retórica permitía tales extravagancias sin sentido. La señora Evarista hacía esfuerzos por adherirse a la opinión de su esposo; pero aun descontando tres cuartas partes de las adulaciones, quedaba mucho para inflar su alma. Uno de los oradores, por ejemplo, Martín Brito, un joven de veinticinco años, curtido por amoríos y aventuras, pronunció un discurso en el que explicaba el nacimiento de la señora Evarista por el más singular de los desafíos.

—Dios, — dijo, — después de dar el universo al hombre y a la mujer, este diamante y perla de la corona divina, — y el orador arrastró triunfalmente esta frase de un extremo de la mesa al otro, — Dios quiso superar a Dios y creó a la señora Evarista.

Sra. Evarista bajó los ojos con una modestia ejemplar. Dos damas, considerando que el elogio era excesivo y audaz, miraron los ojos del anfitrión; y en verdad, el gesto del alienista les pareció nublado de sospechas, amenazas, y probablemente sangre. La audacia era grande, pensaron las dos damas. Y ambas rezaron a Dios para que alejara cualquier episodio trágico, — o al menos lo pospusiera para el día siguiente. Sí, posponerlo. Una de ellas, la más piadosa, incluso admitió para sí misma que la Sra. Evarista no merecía ninguna sospecha, tan lejos estaba de ser atractiva o hermosa. Simplemente agua tibia. La verdad es que *si todos los gustos fueran iguales, ¿qué sería del color amarillo*? Esta idea la hizo temblar de nuevo, aunque menos; menos, porque el alienista ahora sonreía a Martín Brito, y, después de que todos se levantaron, se acercó a él y le habló sobre el discurso. No negó que fue una brillante improvisación, llena de magníficos destellos. ¿La idea sobre el nacimiento de la Sra. Evarista era suya, o la encontró en algún autor que… No señor, era suya; se le ocurrió en esa ocasión y le pareció adecuada para un arrebato oratorio. Además, sus ideas eran más audaces que tiernas o humorísticas. Se inclinaban hacia lo épico. Una vez, por ejemplo, compuso una oda a la caída del Marqués de Pombal, en la que decía que este ministro era el "rugoso dragón de la Nada" aplastado por las "garras vengadoras del Todo"; y así sucesivamente, más o menos fuera de lo común; le gustaban las ideas sublimes y raras, imágenes grandiosas y nobles…

— ¡Pobre muchacho! — Pensó el alienista. Y continuó para sí mismo: — Esto es un caso de lesión cerebral: un fenómeno sin gravedad, pero digno de estudio…

La Sra. Evarista quedó atónita cuando se enteró, tres días después, de que Martín Brito había sido ingresado en la Casa Verde. ¡Un joven con ideas tan bellas! Las dos damas atribuyeron el acto a los celos del alienista. No podía ser otra cosa; de hecho, la declaración del joven había sido demasiado audaz.

¿Celos? Pero ¿cómo explicar que, poco después, también fueron ingresados José Borges de Couto Leme, una persona estimable, Paco de los cambrics, un bufón notorio, el escribano Fabricio y varios otros? El terror se intensificó. La gente ya no sabía quién estaba cuerdo y quién loco. Cuando los esposos volvían sanos y salvos, las esposas encendían una lámpara a Nuestra Señora; y no todos los esposos eran valientes, algunos no se aventuraban sin uno o dos lacayos. Definitivamente, terror. Quienes podían, emigraban. Uno de estos fugitivos incluso fue arrestado a doscientos pasos del pueblo. Era un joven de treinta años, amable, hablador, refinado, — tan refinado que no saludaba a nadie sin quitarse el sombrero hasta el suelo; en la calle, corría una distancia de diez a veinte yardas para estrechar la mano de un hombre serio, una dama, a veces un niño, como había sucedido con el hijo del juez. Tenía la vocación de la cortesía. Además, debía sus buenas relaciones en la sociedad no solo a sus raras cualidades personales, sino también a la noble tenacidad con la que nunca se desesperaba ante uno, dos, cuatro, seis rechazos, caras feas, etc. Lo que pasó fue que, una vez que entraba en una casa, nunca la dejaba, ni la gente de la casa lo dejaba ir, tan encantador era Gil Bernardes. Así que, a pesar de saber que era estimado, Gil Bernardes se asustó cuando alguien le dijo un día que el alienista tenía un ojo puesto en él; al amanecer siguiente, huyó del pueblo, pero fue capturado pronto y llevado a la Casa Verde.

— ¡Debemos poner fin a esto!

— ¡No puede continuar!

— ¡Abajo la tiranía!

— ¡Déspota! ¡Violento! ¡Goliat!

No eran gritos en las calles; eran suspiros en casa, pero el tiempo de los gritos no estaba lejos. El terror crecía; la rebelión se acercaba. La idea de una petición al gobierno para que capturaran y deportaran a Simón Bacamarte cruzó por algunas mentes antes de que el barbero Porfirio la expresara en su tienda con grandes gestos de indignación. Nota, — y esta es una de las páginas más puras de esta oscura historia, — nota que Porfirio, desde que la Casa Verde comenzó a poblarse de manera tan extraordinaria, vio aumentar sus ganancias debido a la frecuente aplicación de sanguijuelas solicitadas desde allí; pero el interés personal, decía, debe ceder al interés público. Y añadió: — ¡Debemos derrocar al tirano! — Nota también que gritó esto el mismo día en que Simón Bacamarte llevó a un hombre a la Casa Verde que tenía un pleito con él, Coelho.

— ¿No pueden decirme cómo es que Coelho está loco? — gritó Porfirio.

Y nadie le respondió; todos repetían que él estaba perfectamente cuerdo. El mismo pleito que tuvo con el barbero, sobre unas tierras en el pueblo, nació de la oscuridad de un decreto y no de la avaricia o el odio. Coelho tenía un excelente carácter. Los únicos que no lo apreciaban eran algunos individuos que, alegando ser taciturnos o pretendiendo tener prisa, tan pronto como lo veían a la distancia doblaban esquinas, entraban en tiendas, etc. En efecto, le gustaba la buena conversación, la conversación extensa, saboreada en grandes sorbos, y por eso nunca estaba solo, prefiriendo a los que sabían decir dos palabras pero no despreciando a los demás. El Padre López, que estudiaba a Dante y era enemigo de Coelho, nunca lo veía separado de alguien que no recitara y enmendara este pasaje:

> *La bocca sollevò dal fiero pasto*
> *Quel "seccatore"...*[4]

pero algunos conocían el odio del sacerdote, y otros pensaban que esto era una oración en latín:

· · · · · · ·

[4] "La boca levantó del feroz banquete ese pecador..." — Dante Alighieri, en la obra *La Divina Comedia*.

Capítulo VI: La Rebelión

Unas treinta personas se unieron al barbero, redactaron y llevaron una petición al Ayuntamiento.

El Ayuntamiento se negó a aceptarla, declarando que la Casa Verde era una institución pública, y que la ciencia no podía ser enmendada por voto administrativo, mucho menos por movimientos callejeros.

— Vuelvan a trabajar, — concluyó el presidente, — ese es el consejo que les damos.

La agitación de los manifestantes fue enorme. El barbero declaró que levantarían la bandera de la rebelión y destruirían la Casa Verde; que Itaguaí no podía seguir sirviendo como un cadáver para los estudios y experimentos de un déspota; que muchos individuos estimables y algunos distinguidos, otros humildes pero dignos de respeto, yacían en los cubículos de la Casa Verde; que el despotismo científico del alienista se veía agravado por el espíritu de avaricia, ya que los locos o supuestos locos no eran tratados gratuitamente: las familias, y en su ausencia, el Ayuntamiento pagaban al alienista…

— ¡Es falso! — interrumpió el presidente.

— ¿Falso?

— Hace unas dos semanas, recibimos una carta del ilustre doctor en la que declara que, en su afán por llevar a cabo experimentos de alto valor psicológico, renuncia al estipendio votado por el Ayuntamiento, así como a cualquier cosa que recibiría de las familias de los pacientes.

La noticia de este noble y puro acto suspendió un poco los ánimos de los rebeldes. Seguramente, el alienista podría estar equivocado, pero ningún interés más allá de la ciencia lo instigaba; y para demostrar el error, se necesitaba algo más que disturbios y clamores. Esto fue declarado por el presidente, con los aplausos de todo el Ayuntamiento. El barbero, después de unos momentos de concentración, declaró que estaba investido con un mandato público y que no devolvería la paz a Itaguaí hasta ver la Casa Verde demolida — "Bastilla de la razón humana" — una expresión que escuchó de un poeta local y repitió con gran énfasis. Dijo esto, y, con una señal, todos se fueron con él.

Imagina la situación de los concejales; era urgente prevenir la asamblea, la rebelión, la lucha, el derramamiento de sangre. Para añadir al problema, uno de los concejales que había apoyado al presidente, al escuchar ahora el término dado por el barbero a la Casa Verde — "Bastilla de la razón humana" — lo encontró tan elegante que cambió de opinión. Dijo que parecía prudente decretar alguna medida para reducir la Casa Verde; y porque el presidente, indignado, expresó su asombro en términos vigorosos, el concejal hizo esta reflexión:

— No tengo nada que ver con la ciencia; pero si tantos hombres a quienes creemos cuerdos están confinados como lunáticos, ¿quién nos asegura que el alienado no sea el alienista?

Sebastián Freitas, el concejal disidente, tenía el don de la palabra y habló durante algún tiempo, con prudencia pero con firmeza. Sus colegas estaban asombrados; el presidente le pidió, al menos, que diera un ejemplo de orden y respeto por la ley, que no ventilará sus ideas en la calle para no dar sustancia y alma a la rebelión, que por ahora era un torbellino de átomos dispersos. Esta figura corrigió un poco el efecto de la otra: Sebastián Freitas prometió suspender cualquier acción, reservándose el derecho de buscar por medios legales la reducción de la Casa Verde. Y se repitió a sí mismo, ensimismado: — ¡Bastilla de la razón humana!

Concejales debatiendo

Mientras tanto, la conmoción crecía. Ya no eran treinta, sino trescientas personas las que seguían al barbero, cuyo apodo familiar debe mencionarse porque dio nombre a la revuelta; lo llamaban Canjica, — y el movimiento se hizo famoso bajo el nombre de la revuelta de los Canjicas. La acción podía restringirse, — ya que muchas personas, ya fuera por miedo o por hábitos de educación, no bajaban a la calle; pero el sentimiento era unánime, o casi unánime, y los trescientos que marchaban hacia la Casa Verde, — dada la diferencia de París a Itaguaí, — podían compararse con los que tomaron la Bastilla.

Cientos de personas marchan hacia la Casa Verde

La Sra. Evarista tuvo noticias de la rebelión antes de que llegara; uno de sus sirvientes vino a informarle. En ese momento, ella se estaba probando un vestido de seda, — uno de los treinta y siete que había traído de Río de Janeiro, — y no quiso creerlo.

— Debe ser una broma, — dijo, cambiando la posición de un alfiler. — Benedicta, ve si el dobladillo está bien.

— Está bien, señora, — respondió la criada agachada en el suelo, — está bien. Señora, mire un momento. Así. Está muy bien.

— No es una broma, señora; están gritando: — ¡Muerte al Dr. Bacamarte! ¡el tirano! — dijo el asustado muchacho.

— ¡Cállate, tonto! Benedicta, mira en el lado izquierdo allí; ¿no te parece que la costura está un poco torcida? La línea azul no llega hasta abajo; se ve muy feo así; necesita ser descosido para que quede exactamente igual y…

— ¡Muerte al Dr. Bacamarte! ¡Muerte al tirano! — aullaron trescientas voces afuera. Era la rebelión derramándose en la Calle Nueva.

La Sra. Evarista se puso pálida. Inicialmente, no se movió ni hizo un gesto; el terror la petrificó. La criada corrió instintivamente hacia la puerta trasera. En cuanto al muchacho, a quien la Sra. Evarista no había creído, tuvo un instante de súbito, imperceptible, profundo triunfo moral al ver la realidad jurar por él.

— ¡Muerte al alienista! — gritaban voces más cerca ahora.

La Sra. Evarista, si bien no resistía fácilmente los momentos de placer, sabía enfrentar los momentos de peligro. No se desmayó; corrió a la habitación interior donde su esposo estaba estudiando. Cuando entró, apresurada, el ilustre doctor estaba escudriñando un texto de Averroes; sus ojos, nublados por la contemplación, se movían del libro al manuscrito y bajaban del manuscrito al libro, ciegos a la realidad externa, viendo en las profundidades del trabajo mental. La Sra. Evarista llamó a su esposo dos veces sin que él prestara atención; a la tercera llamada, él la escuchó y le preguntó qué sucedía, si estaba enferma.

— ¿No oyes esos gritos? — preguntó la digna esposa entre lágrimas.

El alienista entonces prestó atención; los gritos se acercaban, aterradores, amenazantes; lo entendió todo. Se levantó de la silla de respaldo alto en la que estaba sentado, cerró el libro y, con paso firme y tranquilo, fue a colocarlo en el estante. Como la introducción del volumen perturbaba un poco la alineación de los dos volúmenes adyacentes, Simón Bacamarte se preocupó por corregir este defecto menor, y por lo demás interesante. Luego le dijo a su esposa que se retirara, que no hiciera nada.

— No, no — suplicó la digna señora —, quiero morir a tu lado...

Simón Bacamarte insistió en que no se trataba de un caso de muerte; e incluso si lo fuera, la instó, en nombre de la vida, a quedarse. La desdichada señora inclinó la cabeza, obediente y llorosa.

— ¡Abajo la Casa Verde! — gritaron los Canjicas.

El alienista se dirigió hacia el balcón delantero y llegó justo cuando la rebelión también llegó y se detuvo, enfrentándolo, con sus trescientas cabezas brillando con el deber cívico y ensombrecidas por la desesperación. — ¡Muerte! ¡Muerte! — gritaron por todos lados, en cuanto la figura del alienista apareció en el balcón. Simón Bacamarte hizo un gesto para hablar; los rebeldes ahogaron su voz con gritos de indignación. Entonces, el barbero, agitando su sombrero para imponer silencio a la multitud, logró calmar a sus amigos y declaró al alienista que podía hablar, pero añadió que no debía abusar de la paciencia del pueblo como había hecho hasta ahora.

— Diré poco, o incluso nada, si es necesario. Primero deseo saber qué exigen.

— No exigimos nada — respondió el barbero, temblando —; ordenamos que se demuela la Casa Verde, o al menos se libere a los desdichados que están allí.

— No entiendo.

— Lo entiendes bien, tirano; queremos dar libertad a las víctimas de tu odio, capricho, avaricia...

El alienista sonrió, pero la sonrisa de este gran hombre no era algo visible a los ojos de la multitud; fue una leve contracción de dos o tres músculos, nada más. Sonrió y respondió:

— Señores, la ciencia es un asunto serio y merece ser tratado seriamente. No justifico mis actos como alienista ante nadie, excepto ante mis maestros y ante Dios. Si quieren mejorar la administración de la Casa Verde, estoy dispuesto a escucharlos; pero si exigen que me niegue a mí mismo, no ganarán nada. Podría invitar a algunos de ustedes como representantes de los demás a venir y ver a los locos confinados conmigo, pero no lo haré porque sería darles justificación para mi sistema, lo cual no haré para laicos ni rebeldes.

El alienista dijo esto, y la multitud quedó asombrada; estaba claro que no esperaban tanta energía y mucho menos tal compostura. Pero el asombro alcanzó su punto máximo cuando el alienista, inclinándose ante la multitud con mucha gravedad, les dio la espalda y se retiró lentamente al interior. El barbero rápidamente volvió en sí y, agitando su sombrero, invitó a sus amigos a demoler la Casa Verde; pocas y débiles voces respondieron. Fue en este momento decisivo que el barbero sintió emerger dentro de él la ambición por el poder; le parecía que al demoler la Casa Verde y derrocar la influencia del alienista, podría apoderarse del control del Ayuntamiento, dominar a las demás autoridades y convertirse en el amo de Itaguaí. Durante algunos años, había estado esforzándose por incluir su nombre en los sorteos para la selección de concejales, pero fue rechazado por no tener una posición compatible con tan alto cargo. La oportunidad era ahora o nunca. Además, había ido tan lejos en el motín que la derrota significaría prisión o tal vez la horca o el exilio. Desafortunadamente, la respuesta del alienista había disminuido la furia de sus seguidores. El barbero, tan pronto como se dio cuenta de esto, sintió un impulso de indignación y quiso gritarles: — ¡Sinvergüenzas! ¡Cobardes! — pero se contuvo y estalló así:

— Amigos míos, ¡luchemos hasta el final! La salvación de Itaguaí está en sus dignas y heroicas manos. Destruyamos la prisión de sus hijos y padres, de sus madres y hermanas, de sus parientes y amigos, y de ustedes mismos. O morirán a pan y agua, tal vez por el látigo, en el calabozo de ese hombre indigno.

Y la multitud se agitó, murmuró, gritó, amenazó, todos se reunieron alrededor del barbero. Era la revuelta recobrando la conciencia de su breve desmayo y amenazando con arrasar la Casa Verde.

— ¡Vamos! — gritó Porfirio, agitando su sombrero.

— ¡Vamos! — repitieron todos.

Fueron detenidos por un incidente: era un cuerpo de dragones que, marchando, entró en la Calle Nueva.

Cuerpo de dragones

Capítulo VII: Lo Inesperado

Cuando los dragones llegaron frente a los Canjicas, hubo un momento de asombro. Los Canjicas no podían creer que se enviara la fuerza policial contra ellos, pero el barbero entendió todo y esperó. Los dragones se detuvieron, el capitán ordenó a la multitud dispersarse; sin embargo, aunque una parte estaba inclinada a hacerlo, la otra parte apoyó firmemente al barbero, cuya respuesta consistió en estos términos elevados:

— No nos dispersaremos. Si quieren nuestros cadáveres, pueden tomarlos, pero solo los cadáveres; no se llevarán nuestro honor, nuestro crédito, nuestros derechos, y con ellos, la salvación de Itaguaí.

Nada fue más imprudente que esta respuesta del barbero, y nada fue más natural. Fue el vértigo de las grandes crisis. Quizás también fue un exceso de confianza en la moderación de las armas por parte de los dragones; una confianza que el capitán disipó de inmediato ordenando una carga contra los Canjicas. El momento fue indescriptible. La multitud rugió furiosamente; algunos, trepando a las ventanas de las casas o corriendo por la calle, lograron escapar; pero la mayoría permaneció llena de ira, indignada, inspirada por la exhortación del barbero. La derrota de los Canjicas era inminente cuando un tercio de los dragones —sea cual fuere la razón, las crónicas no lo declaran— repentinamente cambió de bando para unirse a la rebelión. Este refuerzo inesperado revivió los ánimos de los Canjicas mientras infundía desaliento en las filas de la legalidad. Los soldados leales no tuvieron el valor de atacar a sus propios compañeros, y uno por uno, se fueron sumando a ellos, de modo que, después de unos minutos, el aspecto de las cosas era completamente diferente. El capitán estaba de un lado con algunas personas contra una masa compacta que lo amenazaba con la muerte. No tuvo más remedio que declararse derrotado y entregó su espada al barbero.

La revolución victoriosa no perdió ni un minuto; llevaron a los heridos a las casas cercanas y condujeron al pueblo y a las tropas al Ayuntamiento. Pueblo y tropas confraternizaron, vitoreando al Rey, al Virrey, a Itaguaí y al "ilustre Porfirio". Este último estaba al frente, manejando la espada con tanta habilidad, como si fuera simplemente una navaja un poco más larga. La victoria coronó su frente con un halo misterioso. La dignidad del gobierno comenzaba a endurecer sus caderas.

Los concejales, desde las ventanas, al ver la multitud y las tropas, pensaron que las tropas habían capturado a la multitud, y sin más examen, entraron y votaron una petición al Virrey para otorgar un mes de paga a los dragones, "cuya valentía salvó a Itaguaí del abismo al que una banda de rebeldes lo había arrojado". Esta frase fue propuesta por Sebastián Freitas, el concejal disidente cuya defensa de los Canjicas había escandalizado a sus colegas. Pero la ilusión se disipó rápidamente. Los vítores para el barbero, las maldiciones para los concejales y el alienista vinieron a informarles de la triste realidad. El presidente no perdió el ánimo: "Cualquiera que sea nuestro destino, recordemos que estamos al servicio de Su Majestad y del pueblo." Sebastián insinuó que uno podría servir mejor a la corona y al pueblo escapándose por la parte trasera e ir a conferenciar con el juez de afuera, pero todo el Concejo rechazó este consejo.

No pasó mucho tiempo antes de que el barbero, acompañado por algunos de sus lugartenientes, entrara en la sala del Concejo y exigiera la caída del Concejo. El Concejo no resistió, se rindió y pasó de allí a la cárcel. Entonces los amigos del barbero sugirieron que asumiera el gobierno de la ciudad en nombre de Su Majestad. Porfirio aceptó la tarea, aunque reconoció (añadió) las espinas que conllevaba; también dijo que no podría prescindir del apoyo de los amigos presentes, a lo cual ellos accedieron de inmediato. El barbero se acercó a la ventana y comunicó estas resoluciones al pueblo, que las ratificó, aclamando al barbero. Tomó el título de "Protector del pueblo en nombre de Su Majestad y del pueblo." Se emitieron de inmediato varias órdenes importantes, comunicaciones oficiales del nuevo gobierno, un informe detallado al Virrey, con muchas protestas de obediencia a las órdenes de Su Majestad; finalmente, una proclamación al pueblo, corta pero contundente:

"¡Pueblo de Itaguaí!

Un Concejo corrupto y violento conspiró contra los intereses de Su Majestad y del pueblo. La opinión pública lo había condenado; un puñado de ciudadanos, fuertemente apoyados por los valientes dragones de Su Majestad, acaba de disolverlo ignominiosamente, y por consenso unánime del pueblo, se me ha confiado el mando supremo hasta que Su Majestad disponga lo que le parezca mejor para su real servicio. ¡Pueblo de Itaguaí! No pido más que me rodeen de confianza, me asistan en restaurar la paz y los asuntos públicos, tan imprudentemente derrochados por el Concejo que ahora ha terminado en sus manos. Cuenten con mi sacrificio, y tengan la certeza de que la corona estará con nosotros.

El Protector del pueblo en nombre de Su Majestad y del pueblo,

PORFIRIO CAETANO DE LAS NEVES."

Todos notaron el silencio absoluto de esta proclamación respecto a la Casa Verde, y según algunos, no podía haber indicación más vívida de los oscuros planes del barbero. El peligro era aún mayor porque, en medio de estos graves acontecimientos, el alienista había colocado a unas siete u ocho personas en la Casa Verde, incluidas dos damas, y uno de los hombres estaba relacionado con el Protector. No fue un desafío, no fue un acto intencional, pero todos lo interpretaron así; y el pueblo respiraba con la esperanza de que el alienista estaría encadenado en veinticuatro horas, y la temida prisión sería destruida.

El día terminó alegremente. Mientras el pregonero recitaba la proclamación de esquina a esquina, la gente se dispersaba por las calles y se comprometía a morir en defensa del ilustre Porfirio. Pocos gritos contra la Casa Verde, una señal de confianza en las acciones del gobierno. El barbero emitió un decreto declarando ese día festivo y entabló negociaciones con el vicario para la celebración de un *Te Deum*,[5] ya que la conjunción del poder temporal con el poder espiritual era tan conveniente a sus ojos. Sin embargo, el Padre López se negó abiertamente a su colaboración.

— En cualquier caso, Su Reverencia no se alineará con los enemigos del gobierno, ¿verdad? — preguntó el barbero, poniendo una expresión siniestra en su rostro.

A lo que el Padre López respondió, sin realmente responder:

— ¿Cómo puedo alinearme si el nuevo gobierno no tiene enemigos?

El barbero sonrió; era la pura verdad. Excepto por el capitán, los concejales y los líderes del pueblo, todos lo aclamaban. Incluso los líderes, si no lo aclamaban, no se habían levantado contra él. Ninguno de los alguaciles dejó de venir a recibir sus órdenes. En general, las familias bendecían el nombre del hombre que finalmente iba a liberar a Itaguaí de la Casa Verde y del terrible Simón Bacamarte.

· · · · · · · ·

[5] [*Oración tradicional entre los católicos.*]

Capítulo VIII: Las Agonías del Boticario

Veinticuatro horas después de los eventos narrados en el capítulo anterior, el barbero salió del palacio de gobierno — así se llamaba la casa del Ayuntamiento — con dos ayudantes de campo y se dirigió a la residencia de Simón Bacamarte. Sabía que sería más decoroso para el gobierno convocarlo; sin embargo, el temor de que el alienista pudiera no obedecer lo obligó a mostrarse tolerante y moderado.

No describo el terror del boticario al enterarse de que el barbero iba a la casa del alienista. — Va a arrestarlo, — pensó. Y sus angustias se duplicaron. De hecho, la tortura moral del boticario en esos días de revolución supera toda posible descripción. Nunca un hombre estuvo en una situación más apretada: — la intimidad con el alienista lo llamaba al lado de este, mientras que la victoria del barbero lo atraía hacia el barbero. La mera noticia del levantamiento ya había sacudido su alma vigorosamente porque conocía la unanimidad del odio contra el alienista. Sin embargo, la victoria final fue también el golpe final. Su esposa, una dama masculina y amiga particular de doña Evarista, dijo que su lugar estaba al lado de Simón Bacamarte, mientras que su corazón gritaba que no, la causa del alienista estaba perdida, y nadie se ata a un cadáver por su propia voluntad. Catón lo hizo, de hecho, *sed victa Catoni*[6], pensó, recordando algunas conversaciones habituales del Padre López; pero Catón no se ató a una causa perdida, él era la causa perdida, la causa de

• • • • • • •

[6] "Pero para Catón, la causa estaba perdida" — cita en latín.

la república; por lo tanto, su acto fue egoísta, el de un miserable egoísta; mi situación es diferente.

Sin embargo, cuando su esposa insistió, Crispín Suárez no encontró otra salida a tal crisis que caer enfermo; se declaró enfermo y se acostó.

— Ahí va Porfirio a la casa del Dr. Bacamarte, — le dijo su esposa al día siguiente junto a su cama; — está acompañado de una multitud.

— Va a arrestarlo. — pensó el boticario.

Una idea lleva a otra; el boticario imaginó que una vez arrestado el alienista, también vendrían a buscarlo a él como cómplice. Esta idea fue el mejor de los vesicantes. Crispín Suárez se levantó, dijo que estaba bien, que iba a salir; y a pesar de todos los esfuerzos y protestas de su consorte, se vistió y salió. Los viejos cronistas dicen unánimemente que la certeza de que su marido se estaba colocando noblemente al lado del alienista reconfortó en gran medida a la esposa del boticario; y con perspicacia, notan el inmenso poder moral de una ilusión. El boticario caminó resueltamente hacia el palacio de gobierno y no hacia la casa del alienista. Al llegar allí, expresó sorpresa por no ver al barbero, a quien pensaba presentar sus protestas de adhesión, no habiéndolo hecho desde el día anterior debido a la enfermedad. Y tosió con cierta dificultad. Los altos funcionarios que escucharon esta declaración, conscientes de la intimidad del boticario con el alienista, entendieron toda la importancia de la nueva adhesión y trataron a Crispín Suárez con refinada cortesía; le aseguraron que el barbero no estaba lejos, Su Señoría había ido a la Casa Verde por un asunto importante, pero no tardaría. Le dieron una silla, refrescos, cumplidos; le dijeron que la causa del ilustre Porfirio era la de todos los patriotas; a lo que el boticario seguía repitiendo que sí, que nunca había pensado de otra manera, que lo declararía ante Su Majestad misma.

Porfirio el barbero

Capítulo IX: Dos Hermosos Casos

El alienista no tardó en recibir al barbero; declaró que no tenía medios para resistir y, por lo tanto, estaba dispuesto a obedecer. Solo pidió una cosa: no ser obligado a presenciar personalmente la destrucción de la Casa Verde.

— Se equivoca Su Señoría, — dijo el barbero después de una pausa, — se equivoca al atribuir intenciones vandálicas al gobierno. Con razón o sin ella, la opinión pública cree que la mayoría de los locos internados allí están en su sano juicio, pero el gobierno reconoce que la cuestión es puramente científica y no tiene intención de resolver cuestiones científicas a través de ordenanzas... Además, la Casa Verde es una institución pública; la aceptamos como tal del Concejo disuelto. Sin embargo, debe haber alguna solución intermedia que restablezca la tranquilidad pública.

El alienista apenas pudo ocultar su asombro; confesó que esperaba otra cosa: la demolición del asilo, su arresto, el exilio, todo, excepto...

— El asombro de Su Señoría, — interrumpió gravemente el barbero, — proviene de no considerar la seria responsabilidad del gobierno. El pueblo, impulsado por una piedad ciega que legítimamente da lugar a la indignación en tales casos, puede exigir ciertos actos del gobierno, pero con la responsabilidad que lleva, no debe llevarlos a cabo, al menos no en su totalidad. Tal es nuestra situación. La generosa revolución que ayer derrocó a un Concejo vilipendiado y corrupto exigió en voz alta la demolición de la Casa Verde, pero ¿puede el gobierno erradicar la locura? No. Y si el gobierno no puede eliminarla, ¿es al menos capaz de discriminarla, reconocerla? No, es una cuestión de ciencia. Por lo tanto, en un asunto tan delicado, el gobierno no puede, y no quiere, prescindir de la cooperación de Su Señoría. Lo que pide es que de alguna manera proporcionemos alguna satisfacción al pueblo. Unámonos, y el pueblo sabrá obedecer. Una de las sugerencias aceptables, si Su Señoría no propone otra, sería retirar de la Casa Verde a aquellos pacientes que están casi curados y también a los maníacos menores, etc. De esta manera, sin gran peligro, mostraremos algo de tolerancia y benevolencia.

— ¿Cuántos muertos y heridos hubo en el conflicto de ayer? — preguntó Simón Bacamarte después de unos tres minutos.

El barbero se sorprendió por la pregunta, pero respondió de inmediato que hubo once muertos y veinticinco heridos.

— ¡Once muertos y veinticinco heridos! — repitió el alienista dos o tres veces.

Luego declaró que la sugerencia no le parecía buena, pero que encontraría alguna otra solución, y dentro de unos días proporcionaría una respuesta. Hizo varias preguntas sobre los eventos del día anterior, el ataque, la defensa, el apoyo de los dragones, la resistencia del Concejo, etc. El barbero respondió abundantemente, enfatizando el descrédito que había caído sobre el Concejo. El barbero admitió que el nuevo gobierno aún no tenía la confianza de las figuras principales del pueblo, pero el alienista podría desempeñar un papel significativo a este respecto. El gobierno, concluyó el barbero, estaría encantado si pudiera contar no solo con la simpatía sino con la benevolencia del intelecto más alto de Itaguaí y, seguramente, del reino. Sin embargo, nada de esto alteró el noble y austero semblante de aquel gran hombre que escuchaba en silencio, sin presunción ni modestia, pero impasible como un dios de piedra.

— Once muertos y veinticinco heridos, — repitió el alienista después de acompañar al barbero hasta la puerta. — Aquí hay dos hermosos casos de enfermedad cerebral. Los síntomas de duplicidad y desvergüenza en este barbero son evidentes. En cuanto a la locura de aquellos que lo aclamaron, no se necesita más prueba que los once muertos y veinticinco heridos. ¡Dos hermosos casos!

— ¡Viva el ilustre Porfirio! — gritaron unas treinta personas que esperaban al barbero en la puerta. El alienista asomó la cabeza por la ventana y aún escuchó el final de un breve discurso del barbero a las treinta personas que lo aclamaban.

— ... porque les aseguro, pueden estar seguros de ello, aseguro la ejecución de la voluntad del pueblo. Confíen en mí, y todo se hará de la mejor manera. Solo les recomiendo orden. Y el orden, amigos míos, es el fundamento del gobierno...

— ¡Viva el ilustre Porfirio! — gritaron las treinta voces, agitando sus sombreros.

— ¡Dos hermosos casos! — murmuró el alienista.

Capítulo X: Restauración

Dentro de cinco días, el alienista admitió a unos cincuenta partidarios del nuevo gobierno en la Casa Verde. El pueblo se indignó. El gobierno, desconcertado, no sabía cómo reaccionar. Juan Pina, otro barbero, declaró abiertamente en las calles que Porfirio estaba "vendido al oro de Simón Bacamarte", una frase que congregó a la gente más decidida del pueblo alrededor de Juan Pina. Porfirio, al ver a su viejo rival liderando el levantamiento, comprendió que su pérdida era irreparable si no hacía un movimiento audaz. Emitió dos decretos, uno aboliendo la Casa Verde y otro desterrando al alienista. Juan Pina dejó claro con grandes frases que el acto de Porfirio era un mero espectáculo, un engaño en el que el pueblo no debía creer. Dos horas más tarde, Porfirio cayó ignominiosamente, y Juan Pina asumió la ardua tarea de gobernar. Al encontrar borradores de proclamas, declaraciones al virrey y otros actos inaugurales del gobierno anterior en los cajones, se apresuró a copiarlos y despacharlos. Los cronistas añaden, y de otra manera lo implican, que cambió los nombres, y donde el otro barbero había hablado de un Concejo corrupto, este habló de "un intruso contaminado con malas doctrinas francesas y contrario a los sagrados intereses de Su Majestad", etc.

En este punto, una fuerza enviada por el virrey entró en el pueblo y restableció el orden. El alienista exigió inmediatamente la entrega del barbero Porfirio y también de unas cincuenta personas que declaró perturbadas mentalmente. No solo entregaron a estos individuos, sino que también le aseguraron la entrega de diecinueve seguidores más del barbero que se estaban recuperando de las heridas sufridas en la primera rebelión.

Este momento en la crisis de Itaguaí también marca el apogeo de la influencia de Simón Bacamarte. Todo lo que quería le fue concedido. Una de las pruebas más vívidas del poder del ilustre doctor se ve en la disposición con la que los concejales, reinstalados en sus posiciones, accedieron a que Sebastián Freitas también fuera admitido en el asilo. El alienista, consciente de la extraordinaria inconsistencia de las opiniones de este concejal, lo consideró un caso patológico y lo solicitó. La misma suerte corrió el boticario. Tan pronto como informaron al alienista del apoyo momentáneo de Crispín Suárez a la rebelión de los Canjicas, lo comparó con la aprobación que siempre había recibido de él, incluso el día anterior, y ordenó su captura. Crispín Suárez no negó el hecho, pero lo explicó diciendo que sucumbió a un movimiento de terror al ver la rebelión triunfante y usó la ausencia de cualquier otra acción por su parte como prueba, añadiendo que volvió a la cama de inmediato, alegando enfermedad. Simón Bacamarte no lo contradijo, pero dijo a los presentes que el terror también es el padre de la locura y que el caso de Crispín Suárez le parecía uno de los más característicos.

Pero la prueba más evidente de la influencia de Simón Bacamarte fue la docilidad con la que el Concejo le entregó a su propio presidente. Este digno magistrado había declarado en una sesión completa que no se contentaría, para lavar la afrenta de los Canjicas, con menos de setecientos litros de sangre, una palabra que llegó a oídos del alienista a través del entusiasta secretario del Concejo. Simón Bacamarte comenzó admitiendo al secretario en la Casa Verde y luego fue al Concejo, donde declaró que el presidente sufría de la "locura de los toros", un género que pretendía estudiar con gran ventaja para el pueblo. El Concejo vaciló al principio, pero finalmente cedió.

A partir de entonces, fue una recolección desenfrenada. Un hombre no podía inventar o propagar la mentira más simple del mundo, incluso aquellas que beneficiaban al inventor o propagador, sin ser admitido inmediatamente en la Casa Verde. Todo era considerado locura. Entusiastas de los enigmas, creadores de acertijos y anagramas, chismosos, entrometidos, el alguacil excesivamente orgulloso, nadie escapaba a los emisarios del alienista. Respetaba a las novias, pero no perdonaba a las coquetas, afirmando que las primeras cedían a un impulso natural y las segundas a un vicio. Si un hombre era tacaño o pródigo, igualmente acabaría en la Casa Verde; de ahí la afirmación de que no había regla para una sanidad mental completa. Algunos cronistas creen que Simón Bacamarte no siempre actuaba con justicia y citan en apoyo de esta afirmación (cuya aceptación desconozco) el hecho de que obtuvo un decreto del Concejo que autorizaba llevar un anillo de plata en el pulgar de la mano izquierda a cualquiera que, sin otra prueba documental o tradicional, declarara tener dos o tres onzas de sangre gótica en sus venas. Estos cronistas dicen que el propósito secreto de la sugerencia al Concejo era enriquecer a un joyero amigo y padrino suyo. Sin embargo, aunque es cierto que el joyero vio prosperar su negocio después de la nueva ordenanza municipal, también es cierto que este decreto llevó una multitud de inquilinos a la Casa Verde. Por lo tanto, no se puede definir, sin temeridad, el verdadero propósito del ilustre doctor. En cuanto a la razón determinante para la captura y retiro a la Casa Verde de todos aquellos que llevaban el anillo, es uno de los puntos más oscuros de la historia de Itaguaí. La opinión más plausible es que fueron admitidos porque gesticulaban demasiado, elogiando, en las calles, en casa, en la iglesia. Es bien sabido que los locos gesticulan mucho. En cualquier caso, es una mera conjetura; no hay nada seguro.

— ¿Dónde va a terminar este hombre? — decían los dignatarios del pueblo. — ¡Ah! Si hubiéramos apoyado a los Canjicas...

Una mañana, — en un día en que el Concejo debía celebrar un gran baile, — todo el pueblo se estremeció con la noticia de que la propia esposa del alienista había sido admitida en la Casa Verde. Nadie lo creyó; debía ser la invención de algún joven travieso. Pero no lo era; era pura verdad. La señora Evarista había sido admitida a las dos de la mañana. El Padre López se apresuró a ver al alienista y le preguntó discretamente sobre el incidente.

— Lo había sospechado desde hacía algún tiempo, — dijo gravemente el marido. — La modestia con la que vivió durante ambos matrimonios no podía reconciliarse con el fervor por sedas, terciopelos, encajes y piedras preciosas que exhibía al regresar de Río de Janeiro. Desde entonces, comencé a observarla. Todas sus conversaciones giraban en torno a estos objetos; si le hablaba sobre cortes antiguas, ella inmediatamente preguntaba sobre la moda de los vestidos de las damas. Si una dama la visitaba en mi ausencia, antes de contarme el propósito de la visita, describía el atuendo, aprobando algunas cosas y criticando otras. Un día, creo que su reverencia recordará, propuso hacer anualmente un vestido para la imagen de Nuestra Señora en la iglesia. Todos estos eran síntomas graves; sin embargo, esta noche se declaró la demencia total. Había elegido, preparado y adornado el vestido que usaría en el baile del Concejo; solo dudaba entre un collar de granate y uno de zafiro. La noche anterior, me preguntó cuál usar; le dije que cualquiera le quedaría bien. Ayer repitió la pregunta durante el almuerzo; poco después de la cena, la encontré callada y pensativa. — ¿Qué te pasa? — le pregunté. — Quiero usar el collar de granate, pero encuentro el de zafiro tan hermoso... — Bueno, usa el de zafiro. — ¡Ah! ¿Pero dónde está el de granate? — Finalmente, la noche pasó sin incidentes. Cenamos y nos acostamos. A altas horas de la noche, alrededor de la una y media, me desperté y no la vi; me levanté, fui al tocador, y la encontré frente a los dos collares, probándoselos frente al espejo, ahora uno, ahora el otro. La demencia era evidente: la admití de inmediato.

El Padre López no quedó satisfecho con la respuesta, pero no objetó. El alienista, sin embargo, lo percibió y le explicó que el caso de la señora Evarista era una "manía santa", no incurable, y en cualquier caso digna de estudio.

Sra. Evarista probándose joyas

— Espero que esté bien en seis semanas. — concluyó.

La abnegación del ilustre doctor añadió un gran brillo a su reputación. Especulaciones, invenciones, sospechas, todo se desmoronó ya que no dudó en admitir a su propia esposa en la Casa Verde, a quien amaba con toda la fuerza de su alma. Nadie más tenía el derecho de resistirse a él, mucho menos de atribuirle intenciones ajenas a la ciencia.

Era un gran y austero hombre, un Hipócrates vestido de Catón.

Capítulo XI: El Asombro de Itaguaí

Y ahora, que el lector se prepare para el mismo asombro que cayó sobre el pueblo un día al saber que los locos de la Casa Verde iban a ser liberados.

— ¿Todos ellos?

— Todos ellos.

— Es imposible; algunos, sí, pero ¿todos ellos...?

— Todos. Eso es lo que dijo en la carta que envió al Concejo esta mañana.

La carta de Simón Bacamarte

En efecto, el alienista había escrito al Concejo afirmando: 1) que había verificado a partir de las estadísticas del pueblo y de la Casa Verde que las cuatro quintas partes de la población estaban alojadas en ese establecimiento; 2) que este desplazamiento de población lo llevó a examinar los fundamentos de su teoría sobre las enfermedades cerebrales, una teoría que excluía de la razón todos los casos en los que el equilibrio de las facultades no era perfecto y absoluto; 3) que, a partir de este examen y del hecho estadístico, se había convencido de que la verdadera doctrina no era esa sino la opuesta, y por lo tanto, se debía admitir como normal y ejemplar tener un desequilibrio de facultades, y como hipótesis patológicas todos los casos en los que ese equilibrio fuera ininterrumpido; 4) que, en vista de esto, declaraba al Concejo que iba a otorgar la libertad a los internos de la Casa Verde y a acomodar en ella a las personas que ahora se encontraban en las condiciones descritas; 5) que, en su búsqueda de descubrir la verdad científica, no escatimaría esfuerzos de ningún tipo, esperando igual dedicación por parte del Concejo; 6) que devolvía al Concejo y a los particulares la suma recibida por el alojamiento de los supuestos locos, descontando la porción efectivamente gastada en comida, ropa, etc., lo cual el Concejo tendría que verificar en los libros y arcas de la Casa Verde.

El asombro en Itaguaí fue grande; no menos fue la alegría de los familiares y amigos de los internos. Cenas, bailes, luminarias, música, todo ocurrió para celebrar tan importante evento. No describiré las celebraciones ya que no son relevantes para nuestro propósito, pero fueron espléndidas, conmovedoras y prolongadas.

¡Así son los asuntos humanos! En medio del regocijo causado por la carta de Simón Bacamarte, nadie notó la frase final en el párrafo 4, una frase llena de futuros experimentos.

Capítulo XII: El Final del Párrafo 4

Las luminarias se extinguieron, las familias se reunieron, todo parecía haberse restaurado a su estado anterior. El orden prevalecía, el Ayuntamiento volvió a ejercer el gobierno sin ninguna presión externa; el presidente y el concejal Freitas regresaron a sus puestos. El barbero Porfirio, enseñado por los acontecimientos, habiendo "probado todo", como dijo el poeta sobre Napoleón, y un poco más, porque Napoleón no experimentó la Casa Verde, el barbero encontró que la oscura gloria de la navaja y las tijeras era preferible a las brillantes calamidades del poder; de hecho, fue procesado, pero la población del pueblo imploró la clemencia de Su Majestad, de ahí el perdón. Juan Pina fue absuelto, considerando que había derrocado a un rebelde. Los cronistas creen que este evento dio origen a nuestro proverbio: — "Ladrón que roba a ladrón tiene cien años de perdón"; — un proverbio inmoral, es cierto, pero de gran utilidad.

No solo cesaron las quejas contra el alienista, sino que no quedó resentimiento alguno por los actos que había cometido; además, los internos de la Casa Verde, desde que fueron declarados completamente cuerdos, sintieron un profundo sentido de gratitud y ferviente entusiasmo. Muchos creyeron que el alienista merecía una manifestación especial y organizaron un baile en su honor, seguido de otros bailes y cenas. Las crónicas dicen que la señora Evarista inicialmente pensó en separarse de su esposo, pero el dolor de perder la compañía de un hombre tan grande superó cualquier resentimiento de amor propio, y la pareja se volvió aún más feliz que antes.

La amistad entre el alienista y el boticario no fue menos íntima. El boticario concluyó de la carta de Simón Bacamarte que la prudencia es la primera de las virtudes en tiempos de revolución y apreció enormemente la magnanimidad del alienista, quien, al otorgarle la libertad, le extendió la mano de un viejo amigo.

— Es un gran hombre. — le dijo a su esposa, refiriéndose a esa circunstancia.

No es necesario hablar específicamente del guarnicionero, Costa, Coelho, Martín Brito y otros nombrados en esta narrativa; basta decir que pudieron retomar libremente sus hábitos anteriores. El mismo Martín Brito, confinado por un discurso en el que elogió enfáticamente a la señora Evarista, ahora hizo otro en honor del eminente doctor, — "cuyo elevado genio, desplegando sus alas muy por encima del sol, dejaba todos los demás espíritus de la tierra por debajo de él".

— Agradezco sus palabras, — respondió el alienista, — y no me arrepiento de haberle devuelto la libertad.

Sin embargo, el Ayuntamiento, que había respondido a la carta de Simón Bacamarte con la reserva de que legislaría sobre el párrafo 4 en su debido momento, finalmente legisló sobre ello. Se aprobó un decreto sin debate, autorizando al alienista a albergar en la Casa Verde a aquellos individuos que disfrutaban de perfectas facultades mentales. Y debido a que la experiencia del Ayuntamiento había sido dolorosa, se estableció la cláusula de que la autorización era provisional, limitada a un año, con el propósito de probar la nueva teoría psicológica, y el Ayuntamiento podría, incluso antes de ese período, ordenar el cierre de la Casa Verde si así lo aconsejaban razones de orden público. El concejal Freitas también propuso una declaración de que, bajo ninguna circunstancia, los concejales debían ser admitidos en el asilo de locos: una cláusula que fue aceptada, votada e incluida en el decreto a pesar de las objeciones del concejal Galván. El principal argumento de este magistrado fue que el Ayuntamiento, al legislar sobre un experimento científico, no podía eximir a sus miembros de las consecuencias de la ley; la excepción era odiosa y ridícula. Tan pronto como pronunció estas dos palabras, los concejales estallaron en fuertes exclamaciones contra la audacia y la insensatez de su colega; sin embargo, él los escuchó y simplemente declaró que votaba en contra de la excepción.

— El Ayuntamiento, — concluyó, — no nos otorga ningún poder especial y no nos elimina del espíritu humano.

Simón Bacamarte aceptó el decreto con todas las restricciones. En cuanto a la exclusión de los concejales, declaró que sentiría un profundo pesar si se viera obligado a admitirlos en la Casa Verde; sin embargo, la cláusula era la mejor prueba de que no sufrían de un equilibrio mental perfecto. Lo mismo no aplicaba al concejal Galván, cuya precisión en la objeción hecha, y cuya moderación al responder a las invectivas de sus colegas, mostraban un cerebro bien organizado de su parte; por esta razón, pidió al Ayuntamiento que lo entregara. Sintiendo más agravio por la conducta del concejal Galván, el Ayuntamiento apreció la solicitud del alienista y votó unánimemente por la entrega.

Se entiende que, según la nueva teoría, un solo hecho o declaración no era suficiente para admitir a alguien en la Casa Verde; se requería un largo examen y una vasta investigación del pasado y presente. El Padre López, por ejemplo, fue capturado solo treinta días después del decreto, y la esposa del boticario cuarenta días después. El confinamiento de esta señora llenó a su esposo de indignación. Crispín Suárez salió de su casa echando espuma por la boca de ira, declarando a cualquiera que encontrara que le arrancaría las orejas al tirano. Un individuo, opositor al alienista, al escuchar esta noticia en la calle, olvidó las razones de la disidencia y corrió a la casa de Simón Bacamarte para informarle del peligro que enfrentaba. Simón Bacamarte mostró gratitud por el comportamiento del oponente, y unos minutos fueron suficientes para que reconociera la rectitud de sus sentimientos, el respeto humano y la generosidad; le estrechó las manos calurosamente y lo admitió en la Casa Verde.

— Un caso como este es raro. — dijo a la mujer asombrada. — Ahora esperemos a nuestro Crispín.

Crispín Suárez entró. El dolor había superado a la ira; el boticario no le arrancó las orejas al alienista. El alienista consoló a su subordinado, asegurándole que no era un caso perdido; tal vez la mujer tuviera alguna lesión cerebral; la examinaría muy detenidamente, pero antes de eso, no podía dejarla en la calle. Y, pensando que era ventajoso reunirlos, ya que la astucia y picardía del marido podrían de alguna manera curar la belleza moral que había descubierto en la esposa, Simón Bacamarte dijo:

— Trabajarás durante el día en la botica, pero almorzarás y cenarás con tu esposa, y pasarás las noches aquí, así como los domingos y festivos.

La propuesta puso al pobre boticario en la situación del burro de Buridán. Quería vivir con su esposa, pero temía regresar a la Casa Verde; y en esta lucha se quedó por algún tiempo hasta que la señora Evarista lo sacó de la dificultad, prometiendo cuidar al amigo y transmitir mensajes entre ellos. Crispín Suárez le besó las manos agradecido. Este último acto de egoísmo pusilánime pareció sublime al alienista.

Después de cinco meses, alrededor de dieciocho personas estaban alojadas, pero Simón Bacamarte no aflojó; iba de calle en calle, de casa en casa, espiando, interrogando, estudiando; y cuando encontraba a un enfermo, lo llevaba con la misma alegría con la que los había reunido por docenas antes. Esta desproporción misma confirmaba la nueva teoría; finalmente se había encontrado la verdadera patología del cerebro. Un día, logró llevar al juez de afuera a la Casa Verde; pero procedió con tanto escrúpulo que lo hizo solo después de estudiar meticulosamente todas sus acciones y cuestionar a los líderes del pueblo. Más de una vez, estuvo a punto de admitir a personas perfectamente desequilibradas; esto ocurrió con un abogado, a quien reconoció como poseedor de una combinación de cualidades morales y mentales tan peligrosa que no se podía dejarlo en la calle. Lo hizo arrestar, pero el agente, sospechoso, le pidió que realizara un experimento; fue a un amigo, demandó por un testamento falso y le aconsejó que contratara a Salustio como su abogado; ese era el nombre de la persona en cuestión.

— Entonces, ¿crees que...?

— Sin duda: ve, confiesa todo, toda la verdad, sea cual sea, y encomiéndale el caso.

El hombre fue al abogado, confesó haber falsificado el testamento y terminó pidiéndole que se hiciera cargo del caso. El abogado no se negó; estudió los papeles, razonó largamente y demostró más allá de toda duda que el testamento era más que verdadero. La inocencia del acusado fue proclamada solemnemente por el juez, y la herencia pasó a sus manos. El distinguido jurista debió su libertad a esta experiencia.

Pero nada escapa a una mente original y penetrante. Simón Bacamarte, que había estado notando desde hace algún tiempo el celo, la sagacidad, la paciencia y la moderación de ese agente, reconoció la habilidad y el tacto con que había llevado a cabo un experimento tan delicado y complicado, y decidió de inmediato admitirlo en la Casa Verde; sin embargo, le dio uno de los mejores cubículos.

Los locos estaban alojados por clases. Se hizo una galería para los modestos; es decir, los locos en los que predominaba esta perfección moral; otra para los tolerantes, otra para los veraces, otra para los simples, otra para los leales, otra para los magnánimos, otra para los sagaces, otra para los sinceros, etc. Naturalmente, las familias y amigos de los internos protestaron contra la teoría, y algunos intentaron obligar al Ayuntamiento a revocar la licencia. Sin embargo, el Ayuntamiento no había olvidado el discurso del concejal Galván, y si revocaban la licencia, lo verían de nuevo en la calle y restituido en su puesto; por lo tanto, se negaron. Simón Bacamarte escribió a los concejales, no agradeciéndoles sino felicitándolos por este acto de venganza personal.

Desilusionados con la legalidad, algunas figuras destacadas del pueblo recurrieron en secreto al barbero Porfirio y le aseguraron todo el apoyo de la gente, el dinero y la influencia en la corte si lideraba otro movimiento contra el Ayuntamiento y el alienista. El barbero respondió que no lo haría; que la ambición lo había llevado la primera vez a romper las leyes, pero se había corregido, reconociendo su propio error y la poca consistencia de las opiniones de sus seguidores; que el Ayuntamiento había autorizado el nuevo experimento del alienista por un año: era necesario esperar el final del término o apelar al virrey si el mismo Ayuntamiento rechazaba la solicitud. Nunca aconsejaría el uso de un recurso que vio fallar en sus manos y que además costó muertes y heridas que serían su eterno remordimiento.

— ¿Qué me estás diciendo? — preguntó el alienista cuando un agente secreto le contó sobre la conversación del barbero con los líderes del pueblo.

Dos días después, el barbero fue admitido en la Casa Verde. — ¡Pillado por tener un perro, pillado por no tener un perro! — exclamó el desdichado.

Llegó el final del plazo, y el Ayuntamiento autorizó un período adicional de seis meses para probar los métodos terapéuticos. El desenlace de este episodio de la crónica de Itaguaí es de tal naturaleza y tan inesperado que merecería no menos de diez capítulos de exposición; pero me contento con uno, que será la conclusión de la narrativa y uno de los mejores ejemplos de convicción científica y desinterés humano.

Capítulo XIII: ¡Plus Ultra!

Era tiempo de terapia. Simón Bacamarte, activo y sagaz en identificar a los enfermos, se superó en la diligencia y el discernimiento con los que comenzó a tratarlos. En este punto, todos los cronistas están completamente de acuerdo: el ilustre alienista realiza curas asombrosas que despertaron la más viva admiración en Itaguaí.

En efecto, era difícil imaginar un sistema terapéutico más racional. Con los locos divididos en clases según la perfección moral que predominaba en cada uno de ellos, Simón Bacamarte se encargó de abordar directamente la cualidad predominante. Supongamos una persona modesta. Aplicaba medicación que pudiera inculcar el sentimiento opuesto, y no usaba inmediatamente dosis máximas, — las graduaba según la condición del paciente, su edad, temperamento y estatus social. A veces, un abrigo, una cinta, una peluca o un bastón eran suficientes para devolver la razón al lunático; en otros casos, la enfermedad era más obstinada; entonces recurría a anillos de diamantes, distinciones honoríficas, etc. Había un paciente poeta que resistía a todo. Simón Bacamarte comenzaba a desesperar de una cura cuando tuvo la idea de difundir la noticia a través de pregoneros, proclamándolo como un rival de Garzón y Píndaro.

— Fue un remedio santo, — dijo la madre del desafortunado a una amiga; — fue un remedio santo.

Otro paciente, también modesto, opuso la misma rebelión a la medicación, pero no siendo escritor (apenas podía firmar su nombre), el remedio del pregonero no podía aplicarse a él. Simón Bacamarte pensó en solicitar para él el puesto de secretario de la Academia de los Ocultos, establecida en Itaguaí. Los puestos de presidente y secretarios eran nombrados por real nominación, por la gracia especial del difunto Rey Don Juan V, e implicaban el tratamiento de Excelencia y el uso de una placa de oro en el sombrero. El gobierno de Lisboa rechazó el diploma, pero representando que no lo buscaba como recompensa honorífica o distinción legítima, sino solo como un medio terapéutico para un caso difícil, el gobierno cedió excepcionalmente a la súplica; y aún así, no sin un esfuerzo extraordinario del Ministro de Marina y Ultramar, que resultaba ser primo del lunático. Fue otro remedio santo.

— ¡Realmente, es admirable! — decían las personas en las calles, observando las expresiones saludables e hinchadas de los dos antiguos lunáticos.

Tal era el sistema. El resto puede imaginarse. Cada belleza moral o mental era atacada en el punto donde la perfección parecía más sólida, y el efecto era seguro. No siempre era seguro. Hubo casos en los que la cualidad predominante resistía a todo; entonces el alienista atacaba otra parte, aplicando a la terapia el método de la estrategia militar, que toma una fortaleza por un punto si no se puede lograr por otro.

Al final de cinco meses y medio, la Casa Verde estaba vacía; ¡todos curados! El concejal Galván, tan cruelmente afligido por la moderación y la equidad, tuvo la fortuna de perder a un tío; digo fortuna porque el tío dejó un testamento ambiguo, y obtuvo una interpretación favorable al corromper a los jueces y confundir a los demás herederos. La sinceridad del alienista se manifestó en este incidente; confesó cándidamente que no tuvo parte en la cura: fue la simple *vis medicatrix*[7] de la naturaleza. No ocurrió lo mismo con el Padre López. Sabiendo que era completamente ignorante de hebreo y griego, el alienista le encargó hacer un análisis crítico de la versión Septuaginta; el sacerdote aceptó la tarea, y la hizo sabiamente; después de dos meses, tenía un libro y libertad. En cuanto a la esposa del boticario, no permaneció mucho tiempo en la celda asignada, y allí, no le faltó afecto.

— ¿Por qué no viene Crispín a visitarme? — decía todos los días.

Le respondían una cosa u otra; finalmente, le contaron toda la verdad. La digna matrona no pudo contener su indignación y vergüenza. En sus arrebatos de ira, se le escapaban expresiones sueltas y vagas, tales como:

— ¡Sinvergüenza!... ¡Pícaro!... ¡Desagradecido!... ¡Un sinvergüenza que ha construido casas a costa de ungüentos falsificados y podridos... ¡Ah! ¡Sinvergüenza!...

Simón Bacamarte notó que, aunque la acusación contenida en estas palabras no fuera cierta, eran suficientes para demostrar que la excelente señora finalmente estaba restaurada al perfecto desequilibrio de facultades, y la dio de alta de inmediato.

· · · · · · · ·

---

[7] "Fuerza curativa."

Ahora bien, si imaginas que el alienista estaba encantado de ver al último huésped salir de la Casa Verde, demuestras que aún no conoces a nuestro hombre. ¡*Plus ultra*![8] Ese era su lema. No le bastaba con haber descubierto la verdadera teoría de la locura; no se contentaba con haber establecido el reino de la razón en Itaguaí. ¡*Plus ultra*! No se puso feliz; se puso preocupado, pensativo; algo le decía que la nueva teoría contenía, en sí misma, otra teoría completamente nueva.

— Vamos a ver, — pensó; — vamos a ver si finalmente llego a la verdad última.

Biblioteca

Dijo esto, caminando por el vasto salón donde brillaba la biblioteca más rica de los dominios de ultramar de Su Majestad. Un amplio manto de damasco, ceñido a la cintura por un cordón de seda con borlas de oro (regalo de

· · · · · · ·

[8] "Más allá."

una universidad), envolvía el cuerpo majestuoso y austero del ilustre alienista. La peluca cubría una extensa y noble calva adquirida a través de diarias contemplaciones científicas. Los pies, no esbeltos y femeninos, ni grandes y torpes, sino proporcionados a la figura, estaban protegidos por un par de zapatos con hebillas de simple y modesto latón. Observa la diferencia: — solo el lujo era notable en lo que provenía de fuentes científicas; lo que específicamente venía de él llevaba el color de la moderación y la simplicidad, virtudes tan adecuadas para una persona sabia.

Así iba, el gran alienista, de un extremo al otro de la vasta biblioteca, inmerso en sí mismo, ajeno a todas las cosas excepto al oscuro problema de la patología cerebral. De repente, se detuvo. Parado junto a una ventana, con el codo izquierdo apoyado en su mano derecha abierta, y su barbilla en la mano izquierda cerrada, se preguntó:

— Pero, ¿estaban realmente locos y fueron curados por mí, — o lo que parecía una cura no fue más que el descubrimiento del perfecto desequilibrio del cerebro?

Profundizando en esto, he aquí el resultado al que llegó: los cerebros bien organizados que acababa de curar estaban desequilibrados como los otros. Sí, pensó para sí mismo, no puedo afirmar haberles inculcado un nuevo sentimiento o facultad; ambos existían en un estado latente, pero existían.

Al llegar a esta conclusión, el ilustre alienista tuvo dos sensaciones contradictorias, una de alegría, la otra de abatimiento. La alegría era ver que, después de largas y pacientes investigaciones, trabajo constante y una inmensa lucha con la gente, podía afirmar esta verdad: — no había locos en Itaguaí. Itaguaí no poseía un solo lunático. Pero tan pronto como esta idea refrescó su alma, apareció otra que neutralizó el primer efecto; era la idea de la duda. ¿Qué? ¿No tendría Itaguaí ni un solo cerebro bien ajustado? ¿Esta conclusión absoluta no sería intrínsecamente errónea y, por lo tanto, no destruiría el amplio y majestuoso edificio de la nueva doctrina psicológica?

La angustia del distinguido Simón Bacamarte es definida por los cronistas de Itaguaí como una de las más horrendas tormentas morales que han descendido sobre un hombre. Pero las tormentas solo golpean a los débiles; los fuertes se bracean contra ellas y enfrentan el trueno. Veinte minutos después, el semblante del alienista se iluminó con un suave resplandor.

— Sí, debe ser eso. — pensó.

Eso es. Simón Bacamarte encontró en sí mismo las características del perfecto equilibrio mental y moral; le parecía que poseía sagacidad, paciencia, perseverancia, tolerancia, veracidad, vigor moral, lealtad, todas las cualidades, en resumen, que podían conformar a un perfecto lunático. Inmediatamente dudó, para estar seguro, e incluso concluyó que era una ilusión; pero siendo un hombre prudente, decidió convocar un consejo de amigos, a quienes interrogó francamente. La opinión fue afirmativa.

— ¿Ningún defecto?

— Ninguno. — dijo la asamblea al unísono.

— ¿Ningún vicio?

— Ninguno.

— ¿Todo perfecto?

— Todo.

— No, imposible. — gritó el alienista. — Digo que no siento en mí esa superioridad que acabo de ver definida tan magníficamente. Es la simpatía la que los hace hablar. Me examino y no encuentro nada que justifique el exceso de su bondad.

La asamblea insistió; el alienista resistió; finalmente, el Padre López explicó todo con este concepto digno de un observador:

— ¿Sabe por qué no ve sus elevadas cualidades, que todos admiramos? Es porque tiene otra cualidad que realza las demás: — la modestia.

Fue decisivo. Simón Bacamarte inclinó la cabeza simultáneamente alegre y triste, y más alegre que triste. Inmediatamente, se retiró a la Casa Verde. En vano, su esposa y amigos le dijeron que se quedara, que estaba perfectamente cuerdo y equilibrado: ni súplicas, ni sugerencias, ni lágrimas lo detuvieron ni un solo momento.

— La cuestión es científica, — dijo; — es una nueva doctrina, de la cual soy el primer ejemplo. Yo encarnó tanto la teoría como la práctica.

— ¡Simón! ¡Simón! ¡Mi amor! — le dijo su esposa con lágrimas corriendo por su rostro.

Pero el ilustre doctor, con los ojos encendidos por la convicción científica, cerró los oídos a los anhelos de su esposa y la rechazó suavemente. Una vez cerrada la puerta de la Casa Verde, se dedicó al estudio y la cura de sí mismo. Los cronistas dicen que murió diecisiete meses después en el mismo estado en que entró, sin haber logrado nada. Algunos llegan a conjeturar que nunca hubo otro loco en Itaguaí además de él, pero esta opinión, basada en un rumor que circuló desde que el alienista expiró, no tiene otra prueba que el rumor mismo; un rumor dudoso, ya que se atribuye al Padre López, quien había destacado tan fervientemente las cualidades del gran hombre. Sea como sea, el entierro se llevó a cabo con mucha pompa y rara solemnidad.

Fin.